二見文庫

人妻のボタンを外すとき

葉月奏太

目次

人妻のボタンを外すとき

第一章　花の名前

1

六月のとある日――。

眩い夕日で町がオレンジ色に染まるなか、高田伸一(たかだしんいち)は駅からアパートに向かって歩いていた。

小さな商社に入って三年目を迎えている。仕事にも慣れて、とくに代わり映えのしない毎日だ。なにか面白いことが起こるわけでもなく、かといって退屈でたまらないというわけでもない。

大学時代の友人とはすっかり会う機会が減った。就職直後は忙しくても時間を作り、仲間でよく飲みに行っていた。仕事の不満をぶちまけては、こんなはずじゃなかった、学生時代はよかったなどと言い合ったものだ。

でも、今は落ち着いている。昔より時間に余裕があるにもかかわらず、メールのやり取りもほとんどない。みんな社会に適合して、それぞれ新しい生活になじんだ結果だろう。

伸一もそのひとりだ。入社当初の情熱は下火になったが、それでも自分なりにがんばっている。プライベートでは決して高望みしない。平凡な日々を送ることができればそれでよかった。

ただ、ひとつだけ不満がある。

二十四歳にもなって、いまだに童貞を卒業できないことだ。これまで女性と交際したことが一度もなく、風俗店に行く勇気もないので、いまだにセックスの経験がなかった。

就職すれば、学生時代とは異なる人生が開けると思っていた。

しかし、実際はモテない日々がつづいている。同年代の女性と知り合う機会がないのだから、合コンにでも参加するしかなかった。

(でも、そういうのは苦手だしな……)

どこかに運命的な出会いはないだろうか。

そんなあり得ないことを考えながら商店街を歩いていく。そして、住宅街に向かう曲がり角に差しかかり、歩調を緩めたときだった。

「あっ……」

伸一は思わず足をとめていた。

角にある花屋の店先で、ひとりの女性が商品の花を陳列している。セミロングの黒髪が、夕日を受けてキラキラと輝いていた。

白いポロシャツに濃紺のフレアスカートを穿き、胸当てのある赤いエプロンを着けている。ここを通るときに見かけることが多く、前々から気になっていた女性だった。

年齢は二十代半ばから後半といったところだろう。おっとりした感じで、なんとなく癒(いや)される気がする。出勤するときはまだ閉まっているが、仕事帰りに彼女の姿を見るのが密かな楽しみだった。

せめて花に詳しければ話しかけるきっかけになったかもしれない。だが、花にはまったく興味がなかった。

いつもはチラリと見るだけで通りすぎる。ところが、今日は妙に気になって足をとめた。

彼女は赤い花を店頭に並べている。黒いプラスティック製の花桶にさしては少し離れたところから眺めて、角度を変えることをくり返していた。花を見つめる瞳がやさしげで、ついつい見惚(みと)れてしまう。

(ああ、やっぱりいいなぁ……)

心のなかでつぶやいた直後、ふいに彼女がこちらを向いた。

「いらっしゃいませ」

柔らかい声とともに、視線が重なりドキリとする。伸一のことを客と勘違いしたらしい。微笑を浮かべて見つめてきた。

「ど……どうも」

慌てて頭をペコリとさげる。内心うろたえているが、あたふたするのは格好悪いので必死に平静を装った。

(そ、そうだ……)

唐突に閃いた。

これこそ伸一が求めていた運命的な出会いではないか。これはお近づきになる絶好のチャンスだ。ここで尻込みして逃げたら、今後二度とチャンスは訪れない気がした。

「お……お……おきれいですね」

勇気を振り絞って話しかける。

こんなふうに女性を褒めるのははじめてだ。口にしたとたん、顔がカッと熱くなり、赤面したのを自覚する。

「え？　ええ……」

彼女は小さくうなずき、視線をすっとそらしていく。突然、見知らぬ男に話しかけられてとまどっているのだろうか。いや、もしかしたら、照れているのかもしれない。思いきって話しかけたことでテンションがあがっていた。

（よ、よし、いけるぞ）

伸一は思わず拳を握りしめた。

今は夕日が差しているので、赤面をごまかすことができたらしい。完全に運が向いている気がした。

「あ、あの……お名前を聞いてもいいでしょうか」

ほとんど勢いのまま尋ねてしまう。奥手の伸一にしては大胆な行動だ。普段なら絶対に聞けないが、ひと言口にした瞬間からなぜかいける気がした。

「このお花は——」

彼女はほっそりした指を赤い花に添えて、にっこり微笑みかけてくる。どうやら、花の名前を尋ねられたと誤解しているようだ。

「あっ、お花じゃなくて……」

反射的に否定するが、途中で勢いがなくなってしまう。一瞬我に返り、自分の言動が恥ずかしく思えてきた。

「い、いえ……な、なんでもないです」

なんとか言葉を継ぐが、耳まで熱くなっている。さらに顔が赤くなっているに違いない。このまま逃げ出して、どこかに隠れてしまいたかった。

「わたし……ですか？」

彼女がとまどった様子でつぶやいた。

突然、見ず知らずの男が名前を尋ねてきたのだから困惑するのは当然だ。お近づきになるどころか、不審者扱いされてもおかしくない。伸一は後悔の念に駆られて顔をひきつらせた。

「い、いきなり、すみません……つ、つい……」

慌てて頭をさげるが、それ以上言葉がつづかない。たまたま通りかかった人たちが、何事かと視線を向けてくる。それでも、とにかく謝るしかないと、腰を九十度に折りつづけた。

「顔をあげてください」

穏やかな声が聞こえて、恐るおそる顔をあげていく。伸一と目が合うと、なぜか彼女は恥ずかしげに頬を染めた。

「白川（しらかわ）穂乃花（ほのか）といいます」

消え入りそうな声だった。

不審がる様子もなく、彼女は名前を教えてくれた。そればかりか、くすぐったそうな笑みを浮かべている。不審者扱いされると思っていたので、彼女の反応はあまりにも意外だった。

（白川……穂乃花さん）

心のなかでつぶやいてみる。

美しい見た目にふさわしい名前だと思う。うっとりする響きに感動して、またしても見惚れていた。

「い……いいお名前ですね」

なにか言わなければと思い、懸命に言葉を絞り出す。

しかし、勢いはすっかりなくなっている。自分でもなにを言っているのかわからなくなってきた。

（そ、そうだ……）

彼女が名乗ってくれたのだから、こちらも自己紹介するのが礼儀だろう。伸一はジャケットの内ポケットから名刺入れを取り出した。

「わ、わたしは、こういう者です」

名刺を持つ指先が震えてしまう。それでも腰を深々と折り、丁重な仕草で差し出した。

「どうもご丁寧に……」

穂乃花が名刺を受け取ってくれる。たったそれだけのことで、天にも舞いあがる心地になった。

「高田伸一さん」

彼女が小声でつぶやいた。

ただ名刺に印刷されている名前を読んだだけだ。それはわかっているが、やさしく呼びかけられた気がして、心臓の鼓動が一気に速くなった。

「は、はいっ」

気をつけをして、緊張ぎみに返事をする。

こんな機会は二度とないかもしれない。少しでも長く会話をつづけたいが、もうなにも頭に浮かばない。

「にゅ、入社三年目。二十四歳、独身です」

なにか言わなければと焦った挙げ句、伸一は苦しまぎれに自己紹介をはじめていた。

(俺は、なにを言ってるんだ)

全身の毛穴が開いて汗がどっと噴き出す。

今さら取り消すことはできない。またしても後悔が胸にひろがった。

穂乃花は目を見開いたまま固まっている。突然の自己紹介に驚いているのは間違いない。今度こそ拒絶されると思って肩をすくめると、なぜか彼女は表情をふっと緩めた。

「楽しい方ですね」

相変わらず穏やかな声だった。

見ず知らずの男が話しかけてきたのに、こんな応対をしてくれる。そんな彼女のやさしさが眩しくて、ますます惹きつけられた。

「わたしは、ここでパートをはじめて三年になります。伸一くんと同じくらいですね」

一瞬、自分の耳を疑った。憧れの女性に「伸一くん」と呼ばれて、目眩がするほど高揚した。

穂乃花はさらに二十八歳だと教えてくれる。出会ったばかりの伸一を、まったく不審がる様子がない。彼女の性格が伝わってきて、伸一は思わず涙ぐみそうになるほど感動していた。

(ああ、穂乃花さん……心まで美しい人なんですね)

心のなかで名前を呼ぶと、さらに気持ちが盛りあがる。そのとき、彼女の左手薬指にはまっているリングが目に入った。

(あれは……)

急に足もとがグラついた気がした。

もしかしたら、結婚指輪ではないか。いや、ただのファッションリングの可能性もある。しかし、仮に独身だったとしても、彼女ほど魅力的な女性なら恋人がいるに決まっていた。

「あ、これ……」

伸一の視線に気づいたのだろう。穂乃花が右手で左手薬指のリングにそっと触れた。

「結婚……してるの」

ようやく聞こえるほど小さな声だった。

照れているのか、それとも他に理由があるのか。いずれにせよ、彼女が既婚者だという事実に変わりはない。

「そ、そう……ですか」

一気にテンションがさがってしまう。あれほど熱くなっていた顔が、急激に冷たくなっていくのを感じていた。

ひどく落胆しているが、それを悟られるのは恥ずかしい。そもそも、なんの取り柄もない自分が、穂乃花のような素晴らしい女性とつき合えるはずがない。こうして会話できるだけでも奇跡だった。

「そ、そりゃそうですよね……は、ははは」

残念な気持ちを笑ってごまかそうとする。ところが、頬がひきつってうまく笑えなかった。

穂乃花は微笑を浮かべているが、なにかが心にひっかかっているのか、先ほどまでの満面の笑みではなくなっていた。

「お……お邪魔しました」

これ以上、彼女の顔を見ていられない。伸一は頭をさげると、急いで花屋の前から遠ざかった。

(穂乃花さん……)

胸がせつなく締めつけられていた。

穂乃花は結婚している。自分には手の届かない存在だ。それでも、好きになった気持ちはとめられなかった。


伸一はひとり暮らしをしているアパート『あじさいハイツ』に戻っていた。

あじさいハイツは築十五年という、古いのか新しいのかよくわからない中途半端なアパートだ。全八戸で部屋の間取りは六畳一間。風呂とトイレが一体化したユニットバスと、部屋の隅には一応ミニキッチンもある。少々手狭だが、伸一にとってはちょうどいい部屋だった。

穂乃花のことが頭から離れない。

憧れの女性と言葉を交わすことができた喜びと、彼女が既婚者であるとわかった落胆が胸のうちにひろがっている。

(そっか……人妻か……)

告白したわけでもないのに振られた気分だ。

しかし、人のものだと思うと、ますます欲しくなってしまう。とはいえ、女性と交際したことのない伸一が、人妻にアタックできるはずもない。ただ悶々と彼女のことを考えていた。

帰宅してからTシャツと短パンに着替えただけで、まだなにもしていない。晩飯を作る気も起きず、ただベッドに腰かけている。花屋での出来事を何度も思い返して、すでに三十分以上が経っていた。

六畳の和室には、ベッドとテレビ、それにカラーボックスと卓袱台があるだけだ。畳が毛羽立っているので絨毯を敷きたいと思っているが、なんとなくそのままになっていた。

(でも、もういいか……)

どうせ誰かが来るわけでもない。自分ひとりが我慢すればすむ話だ。

穂乃花が遊びに来るのならすぐにでも掃除をして絨毯を敷くが、そんな奇跡が起きるはずもない。もうなにもする気力が湧かなかった。

それでも腹は減る。

空腹を感じるのだから、自分で思っているほど落ちこんでいないのかもしれない。だからといって今から米を炊くのも面倒だ。カップ麺ですませようと、やかんに水を入れて火にかけた。

2

翌日も穂乃花のことが頭から離れなかった。

仕事中でも、ふとした瞬間に彼女の顔が脳裏に浮かんでしまう。言葉を交わしたことで、ますます気になる存在になっていた。

こういうのを恋わずらいというのかもしれない。とにかく、なにも手につかない状態になっていた。

なんとか一日の仕事を終えると、伸一は帰路についた。

電車を降りて改札を抜ければ、どうしても穂乃花のことを意識してしまう。花屋に近づくほどに緊張感が高まり、心臓が早鐘を打ちはじめた。

今日は花を一輪買ってみるつもりだ。

急に花に興味が出てきたわけではない。ただ穂乃花と話すきっかけがほしかった。花を買うと言えば、ほんの少しでもまた彼女と会話できる。それが本当の目的だった。

心が急(せ)いて、自然と歩調が速くなる。商店街を抜けると、やがて曲がり角にある花屋が見えてきた。

しかし、いざとなると怖くなってしまう。憧れの女性に会いたい気持ちは山々だが、上手く話せるか自信がない。心の準備を整えたくて、店の少し手前で歩調を緩めた。

ネクタイに手をやり、曲がっていないか確かめる。

もし穂乃花が不在だったら、花を買う必要はないので通りすぎるつもりだ。祈るような気持ちでゆっくり近づいていくと、店の奥に赤いエプロンをつけた女性の姿があった。

(い、いた!)

思わず胸のうちで叫んでいた。

ひと目見た瞬間に穂乃花だとわかった。昨日、言葉を交わしたことで、もうどうしようもないほど惹かれていた。人妻だということを忘れたわけではない。それでも、憧れる気持ちはさらに大きくなっていた。

穂乃花の視界に入る位置で立ちどまり、店頭に並んでいる花を選んでいるふりをする。

（穂乃花さん、気づいてください）

店員は他にもいるが、穂乃花に気づいてもらわなければ意味がない。花など目に入らず、心のなかで懸命に呼びかけた。

「いらっしゃいませ」

どうやら願いが天に通じたらしい。朗らかな声とともに穂乃花が店の外に出てきてくれた。

「あっ、伸一くん」

顔を見たとたん、自然に名前を呼んでくれる。覚えていてくれたと思うと、それだけで幸せな気持ちになった。

「ど、どうも、こんばんは」

平静を装って挨拶する。穂乃花に会いたかっただけだが、それを知られるのは恥ずかしい。あくまでも花を見に来たふりをした。

「また来てくれたんですね」

「た、たまには花でも飾ってみようと思いまして……でも、あまり詳しくないので、いっしょに選んでもらえないでしょうか」

昼間のうちに考えておいたセリフを口にする。

何度もシミュレーションしてきたので、なんとかスムーズに伝えることができたと思う。すると、彼女はそれこそ花が咲くような笑みを浮かべて、こっくりうなずいてくれた。

「お部屋に花を飾ると、気分が華やかになっていいですよ」

よほど花が好きなのだろう。穂乃花はうれしそうに言うと、店頭に並んでいる花に視線を向けた。

「どのようなお花が好きですか？」

「え、えっと……」

正直、あまり興味がないのでわからない。慌てて花に視線を向けるが、まったくピンと来なかった。

「一輪でいいんですけど……」

「好きな色は？」

再び穂乃花が尋ねてくる。そして、鮮やかな青い花に右手を伸ばした。

「紫陽花（あじさい）なんてどうかしら」

穏やかな声で勧めてくれる。しかし、伸一はある異変に気づいて、思わず黙りこんだ。

（なっ……なんだ？）

紫陽花の茎を摘まんだ穂乃花の右手の甲に、奇妙な物がついている。

最初はアクセサリーの類かと思ったが、どう見てもそうではない。それはプラスティック製と思われる赤いボタンだった。

昨日は見た覚えがない。それほど大きくないが、なにしろ人工的な質感が気になった。

ぱっと見た感じはイボかニキビと見間違えそうだ。しかし、プラスティックのように光を反射していた。こんなものが昨日もあったのなら、気づいているに違いなかった。

とにかく、謎の赤いボタンが穂乃花の手の甲にある。しかも、よく見ると貼りつけたのではなく、肌と融合しているようだ。まるで皮膚のなかから浮かびあがってきたように、手の甲にボタンが存在していた。

（い、いや、そんなはず……）

思わず前のめりになって凝視する。

近くで見ても、やはり肌と一体化していた。あり得ないことだが、人工物である赤いボタンが、まるで身体の一部のようになっているのだ。

「うむ」

どういうことだろう。伸一は前のめりになったまま、気づくと低い声で唸っていた。

「紫陽花は違ったかしら……」

穂乃花が困惑した様子でつぶやき、紫陽花を花桶に戻す。伸一が唸っているのを、花が気に入らないと勘違いしたらしい。別の花を手に取り、すっと差し出してきた。

「ひまわりです。ちょうど今日、入荷したの」

伸一の様子をうかがうように勧めてくれる。

鮮やかな黄色が美しいが、今は花よりボタンが気になって仕方がない。まるいボタンの縁が肌に接地している部分を凝視する。まったく隙間がなく、ぴったり密着していた。

「こ、これは……」

無意識のうちにつぶやいてしまう。

人間の身体とプラスティックが一体化することなどあるだろうか。どう見てもおかしいが、穂乃花はまったく気にしていなかった。

「これは小さいサイズのひまわりです。いろいろな種類があるんですよ」

穂乃花が説明してくれる。

伸一がひまわりを見てると思っているのだろう。だが、今はボタンのことで頭がいっぱいだった。

「お部屋に飾るのにちょうどいいサイズだと思いますよ」

「ひ、ひまわりですか……」

なんとか話を合わせてつぶやくが、それ以上、言葉が出てこない。手の甲に赤いボタンがあるのだから、小さいとはいえ目立っている。他の人たちはどう思っているのか気になり、そっと周囲を見まわした。

ちょうど近くに中年の女性客がいる。ひまわりが気になっているのか、こちらに視線を向けていた。穂乃花の手も視界に入っていると思うが、まったく反応しなかった。

そこに他の店員がやってきた。店長と思われる中年の男性だ。女性客に花を勧めながら、穂乃花が手にしているひまわりを見やった。手の甲も目に入ったはずだが、驚いたり気にしたりする様子はない。

（どういうことだ？）

伸一は不思議に思って首をかしげた。

もしかしたら、あのボタンは花屋で使う特殊な道具かもしれない。肌と融合しているように見えるが、そうではなくて、花屋さんの商売道具のようなものなのではないか。そんなことを考えながら、あらためて凝視した。

（いや、やっぱり……）

どう見てもおかしい。まるで特殊メイクのように、手の甲と一体化してプラスティックのボタンがあった。

「どうでしょうか？」

穂乃花が語りかけてくる。

あまり会話できていないが、それどころではなくなってしまった。どうして人間の身体にボタンがあるのだろうか。そして、他の人たちが気にしないのはなぜだろうか。

（まさか、俺にだけ見えてるとか……）

一瞬、そんな考えが浮かぶが、すぐに首を振って打ち消した。

そんなことあるはずがなかった。映画や漫画ではあるまいし、自分にしか見えないなどあり得ない。様々な疑問が脳裏に浮かんでは消えていく。あれはやはりイボかニキビなのだろうか。

「ひまわり以外だと、なにがいいかしら」

穂乃花が店頭に並べられた花を見まわしている。伸一がむずかしい顔をしているので、花を決めかねていると勘違いしていた。

「ひ、ひまわり……ひまわりにします」

頭が混乱しており、今日はこの場から離れたかった。

そもそも花を買うのは、穂乃花と話す口実がほしかったからだ。選んでくれた彼女には悪いと思うが、正直、どれでも構わなかった。

「素敵ですよね。もうすぐ夏が来るって感じがしませんか」

「は、はい……」

伸一はうなずきながら、申しわけない気持ちでいっぱいになっていた。

「では、こちらにどうぞ」

穂乃花がひまわりを手にして店内に向かった。

奥にあるレジの横に台があり、そこで花を手早く包んでくれる。茎の根元に水で濡らしたティッシュを当てるのは花を長持ちさせるためだ。全体にセロファンを巻くと、一輪だけのひまわりがお洒落に見えた。

そうやって穂乃花が花を包んでいる間も、伸一は彼女の右手が気になって仕方なかった。ボタンのことを知りたくてたまらない。いっそのことストレートに尋ねてみようかと思うが、なぜか口にしてはいけない気がした。

「お会計は四百四十円です」

穂乃花の声がどこか遠くに聞こえる。伸一は内ポケットから財布を取り出し、千円札で支払った。

「ありがとうございます」

彼女が釣銭を持った右手をすっと伸ばしてくる。

そのとき、赤いボタンがはっきり見えた。でも本人はまったく気にする素振りがない。おかしな物が剝き出しになっているというのに、ごく当たり前の顔で釣銭を渡そうとしていた。

(これを押したらどうなるんだ?)

考えると気になって仕方がない。

彼女の態度も理解できないが、謎のボタンがあれば押してみたくなるのが人情というものだ。しかも、そのボタンが人体についているとなると、なおさら興味がふくらんでしまう。なにが起こるのか、試さずにはいられなかった。

「五百六十円のお返しです」

釣銭を受け取るために手を差し出すと、彼女の右手が重なってくる。その手をほとんど無意識のうちにつかんでいた。

「伸一くん?」

穂乃花が驚いた顔を向けてくる。

その瞬間、はっと我に返った。彼女のほっそりした手に触れたことで、まずいことをしていると気がついた。

(お、俺は……なにを……)

顔からサーッと血の気が引いていく。

悲鳴をあげられたら大変なことになる。痴漢と間違われたらお終いだ。いずれにせよ、もう後戻りできない。伸一はもう片方の手を伸ばして、手の甲にある赤いボタンに指を乗せた。

「し、失礼します」

勢いのままグッと押しこんだ。指先に微かな感触が伝わってくる。テレビのリモコンボタンにそっくりだった。

「あっ……」

穂乃花の唇から小さな声が溢れ出す。頬をこわばらせて固まり、なにやら動揺した様子で伸一の顔を見つめてきた。

「し……伸一くん」

呼びかけてくる声が震えている。伸一は釣銭を受け取り、慌てて彼女の手を離した。

「どうして？」

ひどく悲しげな声だった。

いきなり手に触れられたことでショックを受けているのかもしれない。瞳が見るみる潤みはじめた。

「す、すみません、つい……ボタンが……」

伸一は慌てて謝ろうとするが、言い終わる前に彼女の瞳から大粒の涙が溢れてしまう。白い頬を濡らして、次から次へと流れ落ちていった。

「ど、どうしても気になって……本当にすみません」

必死に謝罪するが、もうどうにもならない。穂乃花は両手で自分の顔を覆うと、ついに肩を震わせて泣き出した。

「うっ……ううっ……」

抑えているとはいえ泣き声が響いている。店頭で接客をしていた店長が慌てた様子でやってきた。

「白川さん、どうしたの？」

心配そうに声をかけながら、伸一のことをチラチラ見てくる。不審に思われているのは間違いなかった。

（ま、まずい……ご、誤解なんです）

心のなかでつぶやくが、動転するあまり声にならない。穂乃花は顔を隠したまま、首をゆるゆると左右に振っていた。

「お客さん、なにがあったんですか？」

店長が話しかけてくる。声の調子が強くなっており、伸一がなにかしたと疑っていた。

「お、俺は……そ、その……」

正直にボタンを押したと言うべきだろうか。

しかし、彼女の右手の甲にあるボタンがまる見えなのに、店長はまったく気にもとめていない。見えていないのなら、正直に話したところで誤解が深まるだけのような気がする。

「店長、すみません……伸一くんのせいではありません」

穂乃花が顔から手をどけて口を開いた。

まだ瞳は濡れているが、意外にも口調はしっかりしている。そして、体調が悪いから早退させてほしいと申し出た。

「わかったよ。早く帰って、今日はゆっくり休んでね」

店長は穂乃花に言葉をかけると、あらたまった様子で伸一に向き直った。

「お客さま、白川さんのお知り合いだったのですね。大変失礼しました」

「い、いえ、そんな……」

丁重に頭をさげられて、かえって恐縮してしまう。正直なところ、伸一もなにが起きたのかわかっていない。とにかく、穂乃花が潔白を証明してくれたおかげで助かった。

「白川さん、ひとりで帰れるかい？」

店長が尋ねると、穂乃花はエプロンをはずしながら「はい」と返事をする。しかし、まだ涙ぐんでおり、ひとりにはできない雰囲気があった。

「困ったな。今日は俺と白川さんだけだから……」

店を離れるわけにはいかないのだろう。店長が困りはてた様子で伸一に視線を向けた。

「申しわけないのですが、白川さんを家まで送っていただけませんか」

彼女が親しげに「伸一くん」と呼んだせいだろう。どうやら、伸一と穂乃花がご近所さんかなにかと勘違いしているようだった。

すでに外は暗くなっている。穂乃花の家がどこなのか知らないが、弱っている女性をひとりにするのは危険かもしれない。

「わ……わかりました」

伸一は緊張ぎみに返事をした。

この状況で断るわけにはいかない。あのボタンを押した直後、彼女は涙を流しはじめたのだ。なにか関係しているとしか思えない。なにが起きたのかはわからないが責任を感じていた。

「店長、すみませんが……」

帰り支度を整えた穂乃花が、沈痛な面持ちで頭をさげる。白いポロシャツの上にレモンイエローのカーディガンを羽織っていた。

「気にしないで、ゆっくり休んでね」

店長はやさしげな笑みを浮かべてうなずくと、伸一に向き直った。

「それでは、申しわけございませんがよろしくお願いします」

「は、はい……おまかせください」

思いも寄らない展開だが、とにかく彼女を家まで送らなければならない。なにが起きたのかさっぱりわからず、胸には困惑がひろがっていた。

「ここです」

穂乃花がぽつりとつぶやき立ちどまった。

花屋から五分ほど歩いたところにあるマンションの前だ。伸一のアパートはさらにここから五分ほどの場所だった。

入口には仰々しい書体で『フリージア東京』とマンションの名前が記されている。十階建てくらいだろうか。見たところまだ新しく、エントランスには黒御影石が使われている。伸一のアパートとは比べるまでもない高級感溢れるマンションだった。

花屋を出てから、穂乃花はひと言もしゃべっていない。伸一から話しかけようと思ったが、なにも頭に浮かばなかった。ボタンのことを聞きたいが、また泣かれたら困るので、今はまだ触れないほうがいい気がした。

「送ってくれて、ありがとう」

「では、俺はこれで……」

頭をさげて早々に立ち去ろうとする。ところが、穂乃花はなにか言いたげな瞳を向けてきた。

「あの、伸一くん……」

呼びかけられて自然と背筋が伸びる。伸一が緊張の面持ちで見つめ返すと、彼女は意を決したように切り出した。

「お茶でも……どうかな？」

遠慮がちに誘われて、喜びが胸のうちにひろがった。

しかし、彼女は既婚者だ。たとえ下心がなかったとしても、ふたりきりになる状況はまずいだろう。それこそ、旦那と鉢合わせになるようなことは、絶対に避けなければならなかった。

「お礼がしたいの」

穂乃花が潤んだ瞳で見つめてくる。

だが、花屋からいっしょに歩いてきただけで、お礼をしてもらうほどのことはしていない。伸一の住んでいるアパートはこの先で、わざわざ遠まわりしたわけでもなかった。

「別にたいしたこと――」

丁重に断ろうとするが、穂乃花が悲しげに眉を歪めたことで黙りこむ。なにか思いつめたような表情が気になった。

「少しでいいから、寄ってください」

「で、でも、旦那さんが……」

「今夜、夫は帰りが遅いんです」

穂乃花の声が淋しげに聞こえたのは気のせいだろうか。

とにかく、旦那の帰宅が遅いとわかり、気持ちがふっと楽になる。そういうことなら、お茶だけご馳走になって帰ってもいいかもしれない。伸一としても穂乃花の家にあがってみたい気持ちがあった。

「じゃあ、少しだけお邪魔してもいいですか」

伸一が答えると、穂乃花は安堵したような笑みを浮かべた。

3

（なんか、緊張するな……）

伸一はリビングのソファに腰かけていた。

穂乃花の自宅は十階建てマンションの六階にある3LDKだ。今いるリビングだけでも、伸一が住んでいる六畳一間の部屋がすっぽり収まってしまうほど広かった。

フローリングの上に毛足の長い絨毯が敷きつめられている。ソファセットとガラステーブルが置かれており、壁ぎわには大画面のテレビがある。サイドボードは重厚なウォールナットだ。

穂乃花は対面キッチンに立ち、お茶の準備をしている。伸一は革張りの三人がけソファに浅く腰かけて、全身をガチガチに硬直させていた。

（やっぱり、断るべきだったかな）

自分とは生活のレベルがまるで違う。ここにいるのが不自然な気がして、どうにも落ち着かなかった。

「お待たせしました」

穂乃花がトレイを手にして戻ってきた。

ガラステーブルにティーカップがふたつとティーポット、それにクッキーの載った皿が置かれる。そして、穂乃花が慣れた仕草で紅茶を注いでくれた。それを見ているだけで、高貴な飲み物を出された気分だった。

穂乃花はL字形に配置されたひとりがけのソファに腰をおろした。そして、あらたまった様子で伸一に向き直った。

「さっきはごめんなさい」

瞳は潤んでいるが、ひとまず落ち着いているようだ。穏やかな声で謝罪すると淋しげな笑みを浮かべた。

「急に泣いたりして、困ったでしょう?」

「い、いえ……」

本当は困りはてていたが、そんなことを言えるはずがない。言葉を濁すと、彼女は静かに睫毛を伏せた。

「伸一くんはやさしいのね」

穂乃花の声は穏やかだった。伸一は恥ずかしくなり、顔をまっ赤にしてうつむいた。

そのとき、彼女の右手の甲が目に入った。

先ほどまであったはずの赤いボタンが消えている。代わりに青黒い痣がひろがっていた。

「そ、それ……」

思わず声に出してしまう。

なにが起きたのか理解できない。夢でも見ていたような気分になってくる。そもそも人体にプラスティックのボタンがあること自体おかしいのだ。今、見ているものが現実で、先ほどのは幻だったのではないか。

(い、いや……確かに俺は押したんだ)

ボタンを押したときの感触は、まだ指先に残っている。あれが夢や幻だったとは思えない。しかし、青黒い痣を赤いボタンと見間違えるはずがなかった。

「これ……目立つでしょ」

穂乃花が右手の甲を左手で覆い隠した。

「ファンデーションで目立たないようにしていたんだけど、花屋の仕事は手を濡らすことが多いから……」

少なくとも昨日の夕方は、青黒い痣も赤いボタンも見当たらなかった。どちらも目立つので、あれば気づいたと思う。

（どういうことなんだ？）

わけがわからず黙りこむ。不思議に思ったので何度も見返した。確かに彼女の右手の甲には赤いボタンがあったのだ。

「最近、夫がやさしくないの……」

穂乃花がまるで独りごとのように語りはじめた。

もしかしたら、伸一の疑問に答えてくれるのかもしれない。なにかを思い出すように、ときおり黙りこんでは夫との経緯を教えてくれた。

結婚したのは四年前だった。

夫は大手自動車メーカーに勤務しており、当時、事務員だった穂乃花と社内結婚したという。穂乃花は結婚を機に退社して家庭に収まった。ふたりは子供を望んでいたが、子宝に恵まれないまま現在に至るという。

「夫は仕事が忙しくなってきたのもあって、家でカリカリしていることが多くなってきて――」

結婚当初は仲がよかったが、子供ができなかったことで、だんだん雲行きが怪しくなってきた。一年ほど前から急に残業が増えて、今では定時に帰ってくることはまずないという。

「でも、仕事じゃないの」

穂乃花はぽつりとつぶやき、なにかをこらえるように下唇を噛んだ。

男が残業以外で遅くなるといえば、おのずと理由は絞られてくる。伸一の会社にも浮気をしていた先輩がいたが、あっさり奥さんにばれていた。やはり一番近くで見ている妻の目はごまかせないのだろう。

「わたしにも冷たくなって……それでも、ずっと我慢してきた。いつか戻ってくれると信じていたから」

懸命に感情を抑えているのがわかった。

瞳がかわいそうなほど潤んでいる。気を抜くと涙がこぼれそうなのだろう。なんとかして元気づけてあげたいが、恋愛経験すらない伸一にはどうすることもできなかった。

「でも、昨日の夜……」

深夜になって帰ってきた夫に、つい詰め寄ってしまったらしい。浮気を咎(とが)めると口論になり、夫がカッとなって手をあげたという。反射的に右手でガードしたところをたたかれて、そこが痣になってしまった。

「そんなことが……」

つまりはDVということだ。それ以上、なにを言えばいいのかわからない。結婚どころか恋人もいないのだから、まるで縁のない話だった。

「誰にも相談できなくて……」

昨夜のことだけではない。その前から夫の浮気のことを誰かに相談したかったという。しかし、内容が内容だけに躊躇していたらしい。そして、ついに我慢できなくなり、昨夜の事件が起きたのだ。

「どうして昨日に限って、我慢できなかったのかな。これまで、ずっと我慢してきたのに……」

穂乃花はそこで言葉を切ると、なにかを考えこむように黙りこんだ。

「昨日の夕方、伸一くんと話をしたでしょう。あのとき、誠実そうな人だなって思って――」

これまで気づかないふりをしてきた夫の浮気が、どうしても許せなくなったという。他の女に会ってきたのに、平気な顔をして夜中に帰ってくる不誠実な行為に反発を覚えたらしい。

「どうして、あんなこと言っちゃったんだろう」

穂乃花は夫の浮気を咎めたことを後悔している。頭を垂れて、今にも泣き出しそうな声でつぶやいた。

「し、白川さんは悪くないです」

黙って見ていることができず、つい声をかけてしまう。彼女を苦しめている夫を殴ってやりたい気分だった。

「ありがとう……」

穂乃花は顔をあげると、淋しげな笑みを浮かべた。そして、右手の甲を軽く持ちあげる。

「こういう痣、はじめてじゃないの。うちの人、気に入らないことがあると手をあげるようになっていたから……やっぱり目立っていたでしょう?」

まわりからどう見られていたのか気になるのだろう。

実際に目立っていたのは痣ではなく赤いボタンだ。しかし、彼女の口から赤いボタンのことはいっさい語られなかった。

「う、うん、まあ……」

痣のことは知らなかったので、どうしても曖昧な返事になってしまう、ところが、穂乃花は納得した様子でうなずいた。

「そうよね……みんなが見て見ぬ振りをしていたのはわかってた。店長はいい人だから、なにも言えなかったみたい……わたしも聞かれたら返答に困るから、そのほうが助かってたんだけど……」

声がだんだん小さくなり、ついには黙りこんでしまった。

誰にも相談できなかったと言っていたが、周囲は異変に気づいていたのかもしれない。夫からDVを受けていると思ったら、声をかけるかどうか躊躇してしまうだろう。

黙っていた穂乃花がふいに顔をあげる。まっすぐ見つめてきたかと思うと、ソファから腰を浮かして伸一の隣に移動してきた。

（な……なんだ？）

彼女が急接近したことで、一気に緊張が高まった。

スカートに包まれた人妻の膝が、スラックスの太腿に触れている。女性経験のない伸一にとっては大変な出来事だ。黒髪から甘いシャンプーの香りも漂ってきて、思わず大きく息を吸っていた。

「でもね……急に伸一くんが手を触ってきて」

お釣りを受け取ったときのことだ。
あのとき、赤いボタンが気になって仕方なかった。押すとどうなるのか試した
くなり、欲望を抑えられなくなっていた。そして、興味本位でついボタンに触れ
てしまった。ところが、穂乃花は痣に触れられたと認識していた。
「ご、ごめんなさい。痛かったですよね」
ボタンを押したのだから、痣を圧迫したことになっているはずだ。そのことに
気づいて謝罪するが、彼女は微笑を浮かべて首を左右に振った。
「やさしく撫でてくれたでしょう。それがうれしくて……心配されていると感じ
て……それで、わたし……」
ふいに言葉が途切れた。先ほどのことを思い出したのか、穂乃花の瞳から涙が
溢れて頬を伝った。
(違う……そんなんじゃないんです)
思わず心のなかでつぶやいた。
伸一はただボタンを押しただけだ。
彼女は勘違いしている。伸一が心やさしい人間だと思いこみ、今も涙で濡れた
瞳を向けていた。

「だから、お礼を……」

穂乃花は両手で伸一の手を取り、やさしく包みこんでくる。

いったい、どういうことだろう。伸一は緊張でガチガチになっているが、彼女の温かくて柔らかい手のひらの感触はしっかり伝わっていた。

「お、お礼って……」

「夫は浮気してるの。わたしのことなんて、もうなんとも思っていないのよ」

「そ、そんなことは……」

「わかるの。だって、夫婦だから……」

悲しみと淋しさが入りまじった言葉だった。

「あ、あの……」

「伸一くん、お願い……今夜はいっしょにいてください」

懇願するような瞳を向けられて動揺した。

捨て鉢になっているのかもしれない。夫に対する当てつけもあるのだろう。とにかく、穂乃花はすぐ隣から熱い眼差しを送ってくる。伸一はどうすればいいのかわからず、視線をおどおどとさ迷わせた。

(ま、まさか、こんなことが……)

童貞の伸一でも、この後の展開はなんとなく想像がつく。彼女のねっとり潤んだ瞳を見れば、なにをしようとしているのか雰囲気でわかった。

「し……白川さん」

呼びかける声が震えてしまう。

頭の片隅では、赤いボタンのことを話したほうがいいと思っている。その一方で、せっかくのチャンスを逃したくないという邪な考えも脳裏をよぎった。このままでいけば、穂乃花ともっと仲よくなれる。もしかしたら、深い仲になれるかもしれないのだ。

(お、俺、ついに……)

最後の一線を越えることを想像して、股間がズクリと疼いてしまう。

思わず前かがみになると、穂乃花の柔らかい手のひらが、スラックスの太腿にそっと重なってきた。

4

「うっ……」

太腿を撫でられて、思わず小さな声が漏れてしまう。

布地ごしに人妻の手のひらを感じている。花屋で話すときは清らかな女性なのに、今は艶めかしい瞳で伸一のことを見つめていた。

「わたし、淋しいの」

穂乃花が耳もとでささやきかけてくる。熱い吐息が耳孔に流れこみ、背筋がゾクゾクするような感覚がひろがった。

「し、白川さん……」

思わず肩をすくめて全身を震わせる。すると、彼女は小首をかしげて見つめ返してきた。

「伸一くんはいやですか？」

太腿に置いた手のひらを股間に向かってじりじりと滑らせてくる。しかし、決してペニスには触れようとしない。太腿のつけ根のきわどい場所を指先でそっとなぞってきた。

「くぅっ……」

焦れるような快感だけを与えられて、呻き声を抑えられない。腰が左右に揺れ動き、ボクサーブリーフのなかでペニスが瞬く間にふくれあがった。

「こんなおばさんの相手をするなんて、いやですよね」

穂乃花が睫毛を伏せてつぶやいた。思わず抱きしめたくなるほど悲しげな表情だった。

「い、いやじゃないです」

伸一は慌てて答えた。

せっかくのチャンスを棒に振りたくなかった。穂乃花が本気で自分のことを好きになってくれるはずはない。それでも、憧れの女性が初体験の相手になってくれるのなら、それに越したことはなかった。

「よかった……」

穂乃花はほっとした様子でつぶやいた。

夫の浮気でこんなことをしているが、本当は淑やかな女性なのだろう。それがわかるから、ますます惹かれる気持ちが強くなった。

(俺、やっぱり穂乃花さんのことが……)

好きで好きでたまらない。しかし、人妻だと思うと、気持ちを伝えることはできなかった。

こうしている間も、彼女の指先は太腿のつけ根をじっくりなぞっている。ペニスはますます硬くなり、我慢汁が次から次へと溢れ出していた。体がビクッ、ビクッと反応するのが恥ずかしかった。

「敏感なんですね」

やさしげな声が耳に流れこんできた。

穂乃花も恥ずかしげに頬を染めている。それでも、伸一の股間をじっと見つめていた。そこにはすでに大きなテントができており、勃起しているのは一目瞭然だ。布地が今にも破れそうなほど、パンパンに張りつめていた。

彼女のほっそりした指が、太腿のつけ根から股間に向かって移動する。そして、ついに布地の上からとはいえ、ペニスにそっと触れてきた。

「ううっ……」

軽く撫でられただけで、またしても声が漏れてしまう。

なにしろ物心ついてからは、自分しか触れていなかった。それなのに、憧れの女性が指先でやさしく撫でているのだ。この状況で平静を装うことなどできるはずがなかった。

穂乃花が上目遣いに見つめてくる。男の硬さに触れたことで、せつなげに瞳を潤ませていた。

「そ、そこは……」

呻きまじりにつぶやくと、彼女はついに手のひらを重ねてくる。硬くなったペニスをそっとつかみ、指をしっかり巻きつけてきた。

「くうっ」

「ああっ……硬い」

穂乃花がうっとりした顔になっている。瞳はしっとり潤み、半開きになった唇から色っぽい吐息が溢れ出した。

(こ、こんなことが……ゆ、夢じゃないよな)

なにもかもが信じられない。しかし、己の股間を見おろせば、間違いなく穂乃花が股間のふくらみをつかんでいた。

ただ握られているだけでも、童貞の伸一にとっては刺激が強すぎる。すでに大量の我慢汁が溢れており、ボクサーブリーフの内側がぐっしょり濡れていた。ヌルヌル滑るのが気持ちよくて、もうじっとしていられなかった。

「し、白川さん……そ、そんなにされたら……」

すぐに射精してしまいそうだ。暴発する前に訴えると、穂乃花がじっと見つめてきた。

「もしかして……」

女性経験がないと気づいたのかもしれない。童貞だと打ち明けるのは格好悪いが、黙っているわけにもいかなかった。

「じ、じつは……童貞なんです」

恐るおそる打ち明けた。

これで彼女はがっかりして、途中で終了になってしまうのではないか。それを一番恐れていたが、穂乃花は柔らかい笑みを向けてきた。

「伸一くんらしいですね」

いったいどういう意味だろう。伸一が見つめ返すと、穂乃花はペニスを握ったまま唇を開いた。

「奥手で誠実そうで……素敵だと思います」

どうやら、奥手なことがばれているようだ。

しかし、赤いボタンのことを秘密にしている伸一が、誠実だと言えるのだろうか。穂乃花とセックスしたくてだんまりを決めこんでいる自分が、ひどく卑怯な人間に思えてきた。

「俺……誠実なんかじゃ……」

「ううん。夫とは正反対です」

穂乃花はそう言うと、ふいに唇を重ねてくる。その瞬間、柔らかい唇のふんわりした感触に陶然となった。

(キ、キス……穂乃花さんとキスしているんだ)

伸一はソファに浅く腰かけた状態で、目を見開いて全身を硬直させた。

あの穂乃花が顔を少しかたむけて、唇をそっと重ねている。睫毛を伏せた色っぽい表情が、すぐ目の前に迫っていた。

これが伸一のファーストキスだ。これほど唐突に記念すべき瞬間が訪れるとは思いもしなかった。

(まさか穂乃花さんと……ああっ、こんなに柔らかいのか……)

奇跡のような感触にうっとりする。

はじめて触れた女性の唇は、溶けてしまいそうなほど儚く、どこまでもやさしかった。少しでも力を入れると壊れそうで、伸一はさらに身動きできなくなっていた。

スラックスごしにペニスをキュッと握られて、反射的に唇が開いてしまう。その瞬間を狙っていたのか、彼女の舌が唇の隙間に入りこんできた。

「はあンっ……」

穂乃花の吐息とともに、柔らかい舌が口内を這いまわる。歯茎や頬の内側を舐めまわしたと思ったら、上顎を舌先でなぞってきた。さらには奥で縮こまっている伸一の舌をからめとった。

「うむむっ」

粘膜同士が擦れ合うと、たまらず呻き声が漏れてしまう。互いの唾液を交換することになり、ほとんど無意識のうちに嚥下していた。

(あ、甘い……なんてうまいんだ)

夢中になって人妻の唾液を飲みくだす。いつしか伸一も舌を伸ばして、積極的に彼女の口内を舐めまわしていた。

「あンっ……はンンっ」

穂乃花の鼻にかかった声が艶っぽい。伸一の舌を吸いながら、スラックスごしにペニスをやさしく擦っていた。

「ううっ……お、俺、もう……」

慌てて唇を振りほどき、震える声で訴える。

これ以上、刺激をつづけられたら本当に射精してしまう。こんなチャンスは二度とないかもしれない。ここまで来たのだから、なんとしても穂乃花とセックスしたかった。

「わたしも……」

穂乃花が頬をほんのり桜色に染めてつぶやいた。

興奮しているのは彼女も同じらしい。伸一の目を見つめたままカーディガンを脱ぐと、腕をクロスさせてポロシャツの裾をつまんだ。ゆっくりまくりあげれば、白い腹部が見えてきた。さらには純白のブラジャーが露になり、ポロシャツを頭から抜き取った。

（おおっ……）

思わず腹のなかで唸り、目の前の光景を凝視した。

精緻なレースがあしらわれた純白のブラジャーが、たっぷりした乳房のふくらみを覆っている。カップで寄せられた柔肉が、思わず顔を埋めたくなるような深い谷間を形成していた。

穂乃花は顔を赤くしながらスカートもおろしていく。すると、ナチュラルベージュのストッキングに包まれた下半身が露出した。純白のパンティが透けているのが卑猥で、ついつい無遠慮な視線を向けてしまう。

（も、もう……）

ペニスがかつてないほど勃起している。痛いくらい張りつめており、スラックスを脱ぎたくてたまらなかった。

ベルトを緩めてスラックスのホックをはずす。だが、そこで手がとまってしまう。考えてみたら、小学校を出てから女性の前で裸になったことがない。ましてや勃起しているペニスを見せる勇気はなかった。

「ああ、恥ずかしい……」

穂乃花が小声でつぶやき、ストッキングのウエストに指をかけた。

そして、くるくるとまるめるようにしながら引きさげていく。白くてむっちりした太腿が見えてくる。さらにはツルリとした膝と、ほっそりしたふくらはぎが剝き出しになった。

これで穂乃花が身に着けているのは、純白のブラジャーとパンティだけだ。下着姿の人妻が目の前にいることが信じられない。目のやり場に困って視線をそらすと、彼女の手がスラックスに伸びてきた。

「伸一くんも……ね？」

「で、でも……」

とまどいながらも尻を持ちあげる。すると、スラックスとボクサーブリーフがまとめて引きおろされた。

硬直した男根がブルンッと鎌首を振って跳ね起きる。亀頭はパンパンに張りつめて、肉胴には太い血管が浮かんでいた。大量の我慢汁が溢れており、濃厚な牡の匂いがリビングにひろがった。

「もう、こんなに……」

穂乃花が驚いた様子でつぶやき、いきり勃ったペニスを見つめてきた。

激烈な羞恥に襲われて、全身が熱くなっていく。手で覆い隠したい衝動がこみあげるが、そんなことをすればもっと恥ずかしくなりそうだ。結局、下半身を剝き出しにしたまま、自ら残りの服を脱いで裸になった。

「すごく……立派なのね……」

穂乃花が両手を背中にまわしていく。ブラジャーのホックをはずすと、カップの下からたっぷりした乳房が現れた。

大きいのに張りがあり、見事なドーム型を保っている。白くて肌理の細かい肌の頂点には、ピンクの乳首がちょこんと乗っていた。まだ触れたわけでもないのに勃っているのはなぜだろう。もしかしたら、思った以上に興奮しているのかもしれなかった。

「お願いだから、あんまり見ないで」

穂乃花はそう言いながらパンティに指をかけた。

自ら服を脱ぎながらも羞恥を忘れない。そういうところに、ますます惹きつけられるのかもしれない。伸一は一瞬たりとも見逃さないように、目を見開いて見つめていた。

ついに最後の一枚がおろされて、意外なほどもっさりと茂った陰毛が見えてくる。普段の淑やかな姿からは想像がつかないだけに、黒々と生い茂った陰毛が淫らに映った。

「見ないでって言ったのに……」

穂乃花は顔を赤くしてつぶやくと、伸一の肩を押してきた。

「あっ……し、白川さん」

ソファに浅く腰かけていたため、背もたれにだらしなく寄りかかった状態になる。すると、彼女は躊躇することなく伸一の股間にまたがってきた。片脚をあげたとき、股間の奥が露になった。

（おっ……おおっ！）

ほんの一瞬の出来事だったが見逃すはずがない。

穂乃花の陰唇は眩いばかりのサーモンピンクで、全体がしっとり濡れ光っていた。経験はなくても、アダルトビデオをたくさん見ているので知識だけはある。おそらく華蜜が溢れていたのだろう。二枚の花弁の合わせ目は、透明な汁が垂れそうなほど濡れていた。

ふたりは向かい合った状態になった。穂乃花はソファの座面に両膝をつき、伸一の肩に手を乗せた格好だ。目の前に乳房が迫っている。少し顔を突き出すだけで、乳首に吸いつける位置だった。

「誤解しないでね……こんなことするのはじめてなの」

穂乃花が懇願するような瞳を向けてきた。

「信じてもらえないかもしれないけど、これまで男の人を誘ったことなんて一度もないの」

「じゃ、じゃあ、どうして？」

「伸一くんだから……」

彼女はそう言ってくれるが、今ひとつ意味がわからない。なにしろ、はじめて言葉を交わしたのは昨日だ。今日だってひまわりを一輪買っただけだった。それほど深い話をしたわけではなかった。

「ほ、本当にいいんですか？」

今さらながら尋ねてしまう。きっと彼女はその気になっている。覚悟が決まっていないのは伸一のほうだった。

「はじめての相手が、わたしじゃいや？」

穂乃花が淋しげな瞳で見つめてくる。

夫に浮気をされて、つらい思いをしているのだろう。きっと心の隙間を埋めたいのではないか。その相手に選んだのが、たまたま出会った若い男、すなわち伸一だったのかもしれない。

「い、いやじゃないです」

震える声できっぱり言いきった。

都合のいい相手と思われたのかもしれない。だが、それでも構わなかった。とにかく、穂乃花とセックスしたい。その結果、彼女の淋しさが一時でもごまかせるのなら、それに越したことはなかった。

「し、白川さんがいいです」

「うれしい……」

穂乃花は涙を浮かべると、股間に手を伸ばしてペニスを握ってくる。亀頭を膣口に導きながら、ゆっくり腰を落としはじめた。

「うっ……し、白川さん」

湿った音が聞こえた直後、亀頭がヌルリとしたものに包まれていく。ついにペニスの先端が膣に入ったのだ。熱い体温が伝わると同時に、かつて経験したことのない快感がひろがった。

「ううウッ」

たまらず両手を伸ばして、彼女のくびれた腰をつかんでいた。女体が描く魅惑的な曲線の感触がたまらない。肌もすべすべしてなめらかだ。反射的に触れたことで、ペニスに受ける快感がますます大きくなっていた。

「あっ……あンンっ」

穂乃花が悩ましい声を漏らしながら、腰をゆっくり落としていく。

屹立したペニスが少しずつ女壺にはまっていくのがわかる。熱い粘膜が亀頭を咥えこみ、妖しげにうねうねと蠢いた。膣口の隙間から愛蜜が溢れて、肉棒の表面を伝い落ちていった。

(き、気持ちいい……こんなに気持ちいいんだ)

まだ半分ほど入っただけなのに、今にも欲望を噴きあげそうになっている。全身の筋肉を力ませて、懸命に射精欲を抑えこんだ。

「お、大きい……あぁっ」

穂乃花が甘い声を漏らしながら、ついに尻を完全に落としこむ。そそり勃ったペニスがすべて膣内に収まり、互いの股間がぴったり密着した。

ソファに座った状態での対面騎乗位だ。伸一はたまらなくなり、欲望のまま女体に抱きついた。乳房の谷間に顔を埋めて頬擦りしながら、ミルクのような甘い香りを肺いっぱいに吸いこんだ。

「うむむっ……」

目眩がするほど心地いい。さらに両手で乳房を揉みあげると、指がどこまでも沈みこんでいく。乳首を指先で摘まんで、耳たぶのように弾力のある感触を楽しんだ。

「あンっ、伸一くん……あぁっ」

どうやら、乳首が感じるらしい。穂乃花の唇から甘い声が溢れ出す。それならばと、思いきって乳房の先端にむしゃぶりついた。

「はあァッ」

とたんに喘ぎ声が大きくなる。乳輪ごと口に含み、欲望のままに舌を這いまわらせていく。唾液をねっとり塗りつけては、チュウチュウと音を立てて吸いあげる。そうすると、さらに乳首は充血してふくれあがった。

「そ、そこは……ああンっ、感じすぎちゃうから」

穂乃花は抗議するようにつぶやくが、まったくいやがっている様子はない。それどころか、伸一の後頭部に両腕をしっかりまわしていた。

「久しぶりなの……夫とは、もうずっと……」

淋しげな声だった。

浮気をしている夫は、指一本触れようとしないという。いつか自分の元に戻ってくれると思って耐え忍んできたが、もう我慢の限界だったのだろう。精神的にはもちろんのこと、成熟した肉体が疼いていたのかもしれない。だから、こうして伸一にまたがっているのだ。

「あっ……あっ……」

穂乃花が腰をゆったり振りはじめる。ペニスを根元まで呑みこんだ状態で、陰毛を擦りつけるようにして前後に揺すっていた。

「ううっ……き、気持ちいい」

すぐに快感がひろがり、とてもではないが黙っていられない。思わず声に出してつぶやくと、彼女は目を細めて見つめてきた。

「うれしい……もっと、わたしで気持ちよくなってね」

妖艶さのなかにやさしさが見え隠れする。伸一の顔を両手で挟みこみ、唇を重ねてきた。

自然と舌をからみ合わせたディープキスになる。彼女の甘い唾液を味わうことで、さらに興奮が高まった。股間からはクチュッ、ニチュッという湿った蜜音も聞こえている。上下の口でつながり、頭のなかが熱くなった。

「し、白川さん、くうううッ」

気を抜くと一瞬で達してしまいそうだ。女体を抱きしめて唸るが、彼女はますます腰の動きを速めてしまう。股間をしゃくりあげるように動かして、ペニスを媚肉で締めつけてきた。

「ああッ、お、大きいから……あああッ」

彼女も感じてくれているのだろうか。耳もとで聞こえる艶めかしい喘ぎ声が大きくなっていく。それにともない腰の動きも激しさを増し、射精欲が急速にふくらみはじめる。

「も、もう……ううッ、もうダメですっ」

これ以上は耐えられない。伸一が情けない声で訴えると、穂乃花は女体をぴったり押しつけてきた。

「あああッ、わ、わたしも……」

そうつぶやいた直後、女体に力が入るのがわかった。

ソファの座面についた膝と内腿で、伸一の腰を強く挟みこんでくる。背中にまわした両手も力んで、皮膚に爪を食いこませてきた。その微かな痛みも、今は快感に変わっていく。

「くううッ、で、出ちゃうっ、ううッ、出ちゃいますっ」

「あぁッ、い、いいわ、出して、いっぱい出してっ」

彼女の声がきっかけとなり、ついに欲望が限界を突破する。女体をしっかり抱きしめて、思いきり精液を噴きあげた。

「おおおおッ、で、出るっ、おおおおおおおおッ、くおおおおおおおッ！」

膣の奥深くに埋めこんだペニスが激しく跳ねまわる。灼熱のザーメンが尿道を駆け抜けて、勢いよく噴きあがった。

「はあああッ、い、いいっ、あああッ、あぁあああああああッ！」

穂乃花もよがり声を響かせる。伸一の体にしがみつき、股間をしゃくりあげた状態で固まった。

女体にブルルッと震えが走り抜ける。もしかしたら、絶頂に達したのかもしれない。しかし、伸一自身がかつて経験したことのない快楽に襲われており、彼女がどういう状態なのか確かめる余裕はなかった。

(き、気持ちいい……ああっ、気持ちいいよ)

脳髄まで蕩けてしまうような快楽だ。

膣に収まったままのペニスは、愛蜜と精液にまみれている。蠢く膣襞に揉みくちゃにされて、絶頂感が延々と継続していた。

はじめてのセックスで、これまでの人生で最高の快楽を味わった。

憧れていた女性に筆おろしをしてもらえた。あるはずがないと思っていたことが現実になった。感動で涙が溢れそうになっている。だが、その一方で頭の片隅に引っかかっていることがあった。

あの赤いボタンは、いったいなんだったのだろう。

単なる見間違いだろうか。でも、確かに押したはずだ。カチッという機械的な感触があったと思う。

(でも、どうでもいいか……)

今はセックスの余韻に浸っていたい。よけいなことは考えず、はじめての愉悦を忘れないよう、心にしっかり刻みこんでおきたかった。

第二章　恥蜜の香り

1

　伸一は自室のベッドに腰かけていた。

　カーテンごしに朝の眩い光が差しこんでいる。時刻は午前七時半をすぎたところだ。そろそろ準備をしないと会社に遅刻してしまう。しかし、頭がぼんやりして、まだ夢のなかを漂っているようだった。

　卓袱台の上に視線を向ける。水を入れた牛乳パックが置いてあり、一輪のひまわりが挿してあった。

　昨夜、ついに童貞を卒業した。

まったく予想していなかった展開で、突然、はじめてのセックスをすることになった。しかも、相手は密かに憧れていた穂乃花だ。彼女は最初から最後までやさしく接してくれて、一生の思い出になる初体験になった。

女体はどこもかしこも柔らかく、とくに膣は身も心も蕩けるような快楽を与えてくれた。自分でしごくのとは比べものにならない快感で、今、思い出しただけでもペニスがむくむくとふくらんでしまう。

（それなのに……）

なにかしっくりこないものを感じていた。

頭の片隅にずっと違和感が残っている。昨日は興奮していたので勢いのままセックスしてしまったが、冷静になって考えると不思議でならない。どうして、穂乃花が誘ってくれたのか理解できなかった。

そして、なにより気になっているのは赤いボタンのことだ。あれはいったいなんだったのだろう。

昨夜は絶頂の余韻が冷めてくるにつれて気まずくなった。萎えたペニスを引き抜くと、身なりを整えてそそくさと帰ってきた。帰り際も確認したが、彼女の手の甲にボタンはなかった。

（やっぱり気のせい……だったのか？）

ひと晩経ったことで、なおさら自信が持てなくなってきた。手の甲にボタンがあった。俺は確かに見たんだ。ボタンを押した感触も覚えている。そう力説したところで誰も信じてくれないだろう。相手にされず、そっぽを向かれるに決まっていた。

「あっ、やばい」

ふと時計を見ると、もうすぐ八時になろうとしている。朝飯を食っている時間はない。伸一は慌てて腰をあげると、出かける準備に取りかかった。

なんとか始業時間の朝九時に間に合った。

とはいえ、ギリギリに出社したことで注目を集めてしまう。事務所にはスチール机を四つ合わせた島がふたつあり、計八人の営業社員がいる。そして、一番奥には課長席があった。

「ど、どうも、おはようございます」

伸一は愛想笑いを浮かべて、自分の席に急いで座る。そして、誰とも目を合わせないようにしながらパソコンに向かった。

伸一が勤めている『満開商会』は事務用品全般を扱っている商社で、一般企業が主な取引先となっている。営業部に所属している伸一は、連絡がなくても定期的に取引先を訪問して、ひとつでも多くの注文をもらわなければならない。人と話すのが苦手なので、少々つらい仕事だった。

それでも、外まわりに行かなければ数字は稼げない。資料を鞄につめると、逃げるように事務所をあとにした。

まず向かったのは、得意先であるアパレルメーカー『ユニバース』のオフィスだった。

その会社は小さいながら自社ビルを持っており、一階は店舗、二階は倉庫、そして三階にオフィスが入っている。伸一はエレベーターで三階にあがると廊下を進み、オフィスの前で小さく深呼吸してからドアをノックした。

「はい、どうぞ」

すぐに女性の声が返ってくる。このクールな感じの響きは、主任の八橋（やつはし）すみれに間違いない。

「し、失礼します」

伸一は緊張ぎみにドアを開けると、すぐ目の前にすみれが立っていた。

いかにも仕事ができそうなキリッとした美貌で、ダークグレーのスーツに均整の取れた身体を包んでいる。茶色がかったふんわりした髪が、ジャケットの肩に柔らかく乗っていた。

身体にぴったりフィットしたタイトスカートの裾から、ナチュラルベージュのストッキングに包まれた膝がのぞいている。ふくらはぎはスラリとして、足首は細くキュッと締まっていた。

すみれは三十六歳の未亡人だ。

はっとするような美人だが、どこか近寄りがたい雰囲気を放っている。気を抜くと吸いこまれそうな澄んだ瞳も魅力的だった。

しかし、四年前に夫を病気で亡くしてからは、仕事一筋だと言っていた。彼女が所属しているのは営業部で、事務用品の仕入れも担当している。伸一は入社以来この会社をまわっているので、すでに二年以上のつき合いだ。

「満開商会です。お世話になっております」

挨拶しながらオフィスのなかをさっと見まわした。まだすみれ以外は誰も出勤していない。この様子なら注文をもらえるかもしれなかった。

「ずいぶん早いわね」

すみれは微かに眉根を寄せると腰に手を当てる。そして、切れ長の瞳でまっすぐ見つめてきた。

「す、すみません」

慌てて謝罪すると頭をさげる。

頬がひきつっているのを自覚する。心拍数が一気にあがり、手のひらがじっとり汗ばんだ。

日中は忙しくて相手にしてくれないので、こうして朝早くか夕方遅くに訪問するようにしていた。しかし、タイミングが合わないと機嫌を損ねてしまう。どうやら、今日は虫の居所が悪かったらしい。

「朝から会議なの。準備があるから、また今度にしてくれないかしら」

突き放すような口調で言われて、話の取っかかりがつかめなかった。

この状況で無理に営業しても意味はない。下手に食いさがっても怒らせるだけだ。相手の都合も考えず、粘ることが営業だと勘違いして同じ失敗を何度もくり返していた。

「では、明日にでも出直してきます」

早々に退散しようとする。

こういうときは、怒らせる前に帰るのが一番だ。押しても駄目なら引くということを、毎日外まわりをしているうちに自然と覚えた。

「ちょっと待って」

オフィスから出ていこうとして、ふいに呼びとめられた。

「明日も午前中は会議だけど、午後なら空いてるわ。そうね、一時すぎに来てもらえるかしら」

すみれのほうから時間を指定してくることはめずらしい。これは定期的に訪問していた成果だろうか。

「は、はい、ありがとうございます。では、明日の午後一時に。では、失礼いたします」

ただアポイントメントが取れただけだが、それでも商社マンとして少し成長できた気がしてうれしかった。

(なんか、いい感じだったな)

エレベーターに乗りこんでドアが閉まると、思わず大きく息を吐き出した。

少し運が向いてきた気がする。もしかしたら、昨日、穂乃花とセックスしたのがよかったのかもしれない。

（穂乃花さんは天使……いや、女神なんじゃないか）

脳裏に穂乃花の顔を思い浮かべると、自然と口もとがほころんだ。

赤いボタンのこともずっと気になっている。しかし、今はそれより彼女への想いが大きくなっていた。なにしろ、穂乃花は初体験の相手だ。この先なにがあっても、一生忘れることはないだろう。

次の営業先に向かいながらも、頭のなかでは穂乃花のことを考えていた。

（もし俺に告白する勇気があったら……）

考えても仕方のないことだとわかっている。

なにしろ、穂乃花は人妻だ。絶対に手を出してはいけない相手だ。昨夜のことは誰にも話してはならないふたりだけの秘密だった。憧れの女性と秘密を共有している。それだけで満足するべきだと自分に言い聞かせた。

しかし、彼女が夫からＤＶを受けていた事実は、自分のなかでどう消化すればいいのだろう。黙っているのも違う気がする。現に彼女は苦しんでおり、涙まで流していたのだ。

（ああ、穂乃花さん）

心のなかで名前を呼ぶだけで、胸がせつなく締めつけられた。

とはいえ、もう身体の関係を持てるとは思っていない。昨夜は運と偶然が重なり、何億分の一かの確率で奇跡が起こっただけだ。ただ純粋に彼女の幸せだけを祈っていた。

（なにか俺に手伝えることは……）

いくら考えても、なにも思い浮かばない。

穂乃花は夫の浮気とＤＶで悩んでいる。しかし、伸一は結婚どころか恋愛経験すら皆無なのだ。アドバイスできることなどあるはずがなかった。

仕事を終えて、タイムカードを押したのは夜七時すぎだった。

一日中、穂乃花のことが頭から離れず、今ひとつ集中力を欠いていた。大きなミスはしなかったが、いつもより時間がかかってしまった。

ひと目でいいから穂乃花の顔を見たい。あの店は確か夜八時までだ。だが、穂乃花が何時まで働いているのかはわからない。もう帰ってしまったかもしれないが、とにかく急いで向かうつもりだ。

最寄りの駅に電車が到着すると、一番に改札を通り抜けた。

商店街を早足で歩きながら、またしても穂乃花の顔を脳裏に浮かべる。花屋の店先に立っているときの爽やかな顔、夫のことを話しているときの淋しさと悲しさが入りまじった顔、そしてセックスしているときの艶めかしい顔。どれも魅力的だったが、やはり彼女には笑顔でいてもらいたかった。

やがて曲がり角にある花屋が見えてきた。

腕時計の針は七時五十分を指している。伸一は歩調を緩めると、家路を急ぐ人波にまぎれながら花屋に視線を向けた。

まだ明かりはついているが、いつも店頭に並んでいる花はすでに半分ほど片づけられていた。閉店準備に取りかかっているらしい。中年の店長と赤いエプロンをつけた女性が忙しそうに働いていた。

(あっ、穂乃花さん……)

顔を見た瞬間、胸の奥が熱くなった。

もう客の姿はないが、閉店準備でバタバタしている。穂乃花は真剣な表情で働いていた。忙しいので笑顔はないが、昨夜のような暗い表情ではない。彼女が店頭に置いてある花桶を抱えたとき、右手の甲がチラリと見えた。

(やっぱり、ない……)

そこに赤いボタンは見当たらなかった。

ほっとしているのに、残念な気持ちも湧いてくる。昨日見たあのボタンはなんだったのだろう。

(セックスの前は、なぜか痣になってたんだよな……)

いくら考えても答えは出なかった。

ただ見ただけではない。伸一は自分の指でボタンを押したのだ。感触を覚えているから、単なる見間違いでは納得できなかった。

穂乃花は伸一が近くにいることに気づいていない。話しかけたい気持ちはあるが、昨夜のことを思うとやめたほうがいいだろう。本気で好きになってしまったからこそ、迷惑をかけたくなかった。

2

伸一は歩調を速めて、花屋の前を通りすぎた。

好きな人を避けなければならない苦しさが胸にひろがった。セックスをしていなければ、今日も普通に話すことができただろう。しかし、穂乃花が初体験の相手になってくれたことは最高の思い出だった。

相反する思いが、頭のなかをグルグルとまわっていた。

結局のところ、穂乃花とずっといっしょにいたいと思っている。それが無理だとわかっているから、いつまでも悩みつづけているのだ。

(なんか買って帰るか……)

コンビニの明かりが見えて、フラフラと吸い寄せられていく。

アパートに帰ってから晩飯を作るのは面倒だ。弁当でも買って帰るつもりで、コンビニに立ち寄った。

「いらっしゃませ」

自動ドアが開いたとたん、元気な声が聞こえてくる。

一年ほど前から働いている女子大生のアルバイト店員、南沢桜子(みなみざわさくらこ)だ。よくこの時間のシフトに入っているため、見かけることが多かった。伸一は毎日のように来ているので、自然と顔見知りになっていた。

「あっ、伸一さん」

桜子が人懐っこそうな笑みを浮かべて手を振ってきた。

以前、このコンビニから実家に宅配便の荷物を送ったことがある。そのとき、伝票に記入してある名前を見てから、桜子は「伸一さん」と呼んでくれるようになった。

「こんばんは……」

伸一も遠慮がちに挨拶する。

照れくさいが悪い気はしない。なにしろ、桜子は黒髪のポニーテールが似合うアイドルのような女性だ。雑談を交わしたときに二十一歳だと言っていたが、十代でも通用しそうな顔立ちだった。

ただ、残念なことに、桜子は誰に対しても愛想がいい。伸一だけが特別というわけではなかった。他の常連客にも名前で呼びかけているのを何度も目撃している。男性客が喜ぶのは間違いない。彼女を雇ったことで、このコンビニの売上げはかなりあがっているだろう。

実際、名前を呼ばれるとうれしいもので、とくに買いたいものがなくても立ち寄るようになっていた。

（いつ見てもかわいいな）

伸一は買い物カゴを持って店内をぶらつきながら、さりげなくレジカウンターに立っている桜子を見やった。

もし穂乃花に出会っていなければ、桜子のことを好きになっていたかもしれない。しかし、自分とは縁のない女性だとわかっている。それでも、こうして眺めているだけで元気になれる気がした。

たっぷり目の保養をしてから、買い物カゴにシャケ弁当と発泡酒を一本入れてレジに向かった。

たまたま店内に他の客の姿はない。レジに立っているのは桜子だけで、他の店員は品出しの作業に移っていた。

「いつもありがとうございます」

桜子が輝くような笑顔で語りかけてくる。ポニーテールが弾むのを見ているだけで幸せな気分になった。

香水をつけているらしく、いつも甘い匂いをまとっている。今日も彼女の身体から、果実のような香りがふんわりと漂っていた。

伸一は密かに深く吸いこみながら、さりげなく彼女の全身を見まわした。

濃紺のスカートを穿き、上半身は縦縞の入った制服を着ている。童顔でありながら胸もとは大きく盛りあがっており、どうしても目が向いてしまう。いけないと思って視線を引き剝がしたその直後だった。

「あっ……」

伸一は思わず小さな声を漏らしていた。

桜子の首筋に小さな赤いボタンを発見したのだ。近づいてみないとわからないが、彼女の首の左側、制服の襟のすぐ上のところに、プラスティック製と思われるボタンが見える。昨日、穂乃花の手の甲にあったのと同じ物だ。

「どうかしましたか?」

桜子がシャケ弁当と発泡酒のバーコードを読みながら、伸一の目をじっと見つめてきた。

「い、いや……」

なんとかごまかそうとするが、突然のことで頭がまわらない。なにが起きているのかまったく理解できなかった。

(どうして、あのボタンが……)

無意識のうちに眉根を寄せて再び凝視する。

穂乃花のボタンのことが、ずっと頭から離れないのは事実だ。考えすぎるあまり、幻が見えているのではないか。そう思って見直すが、色も形もあの赤いボタンにそっくりだった。

「お会計は——」

桜子の声が遠くに聞こえている。

(なんだ、これは?)

いったい、なにが起きているのだろう。

やはりどう見ても痣ではない。ニキビや虫刺され痕でもないし、赤く腫れあがっているわけでもなかった。彼女の白くてなめらかな首筋に、明らかにボタンとしか呼べないものがあるのだ。

誰も気づいていないのは小さいからか。伸一が来てからも、桜子は何人か客をさばいていたし、他にも店員がいる。それなのに、赤いボタンに注目する者はいなかった。

(気づかないのかな……)

昨日の花屋での出来事を思い出す。

穂乃花の手の甲を見ても、誰ひとりとして反応しなかった。あのときの状況にそっくりだった。

穂乃花と桜子になにか共通点があるのだろうか。まさか血はつながっていないと思うが、知り合いの可能性ならある。関係性がわかれば、同じボタンがある謎がとけるかもかもしれない。しかし、さっき穂乃花にはなかった——。

「伸一さん?」

名前を呼ばれてはっとする。

桜子が不思議そうに首をかしげていた。そして、伸一の顔をまじまじとのぞきこんでくる。

「怖い顔して、どうしたんですか?」

そう言われて、眉根を寄せていることに気がついた。

「ちょ、ちょっと考えごとを……」

「お仕事のことですか?」

「う、うん、まあね……ところで、商店街の近くに花屋さんがあるでしょ」

思いきって話を振ってみる。

どうして桜子にも同じボタンがあるのか、気になって仕方がない。なんとか謎を解明したかった。

「花屋さん、ありますね。行ったことはないですけど」

「あのお店に知り合いはいないかな」

「いないです」

桜子は即答した。あまりにもあっさり答えたので、ちゃんと考えていないように見えてしまう。

「ほんとに？　白川さんって人、会ったことない？」

そんなはずはないと思った。絶対になにかつながりがあるはずだと、執拗に尋ねていた。

「知らないです。その人がどうかしたんですか？」

「い、いや、知らないならいいんだ」

ますますわからなくなる。こうして話している間も、もちろん彼女の首筋には赤いボタンが存在していた。

「もしかして、その人のことが好きになったとか？」

桜子がからかうように話しかけてくる。いきなり図星を指されて、伸一はおどおどと視線をそらした。

「そ、そんなんじゃないよ……い、いくらだっけ？」

必死にごまかしながら内ポケットに手を伸ばす。財布を取り出すと、小銭をジャラジャラとトレイに置いた。

「ふふっ、なんか怪しいなぁ」

桜子は楽しげに笑って見つめてくる。そして、トレイの小銭を取るため、前かがみになった。

そのとき、首筋の赤いボタンが近づいた。

肌がなめらかで美しいだけに、プラスティックの無機質な感じがアンバランスだ。イボかニキビのように小さいが、見れば見るほどボタンだった。

(これを押したら……)

いったい、なにが起こるのだろうか。

ふと興味が湧き、それが急速にふくらんでいく。一度でも考えてしまうと、もうその思考から逃れられない。今すぐボタンを押して、なにが起こるか確かめずにはいられなくなった。

伸一はボタンに吸い寄せられるように指を伸ばしていた。

「えっ、なんですか?」

桜子が驚いた様子で少し身を引いてしまう。

だが、それくらいで怯んだりしない。それより、ボタンを押すとどうなるのか知りたかった。その結果、ボタンの秘密がわかるかもしれない。探るためにも押してみるしかなかった。

「ゴミがついてるよ」

普段は口下手だが、このときは平気な顔で嘘がつけた。これも謎のボタンがもたらす魔力かもしれない。

「取ってもらえますか」

桜子はそう言って、再び前かがみの姿勢になった。

少し緊張するが、躊躇することはない。伸一は右手の人差し指をボタンにあてがうと、そのままゆっくり押しこんだ。

カチッ――。

小さな手応えがあって、確かな感触が指先に伝わってくる。

人体に触れた感じではない。やはりプラスティックの感触にそっくりだ。桜子はまったく動かない。前かがみになった姿勢のまま、表情も変えることなくじっとしていた。

どんな反応をするのか不安もあった。穂乃花のときは、いきなり泣き出したのであたふたした。桜子にも泣かれたらどうしようかと思ったが、予想とは異なる反応だった。

「あの……桜子ちゃん？」

沈黙に耐えられなくなって声をかける。

すると、桜子はふいに動きはじめた。小銭をレジに入れながら、伸一の顔をチラリと見やった。

「やっぱり……気になります？」

「えっ、なにが？」

「じつは……相談したいことがあるんですけど」

唐突に切り出した。

先ほどとは雰囲気が一変している。なにやら深刻な顔になっていた。いつも笑顔を振りまいている桜子が、こんな表情を見せるのははじめてだ。

「誰に相談しようか迷ってたんです。友だちには知られたくないし、でも、信頼できる人じゃないと……それで、伸一さんしかいないと思って」

桜子はそう言うが、信頼されるようなことはなにもしていない。そもそも顔見知りなだけで、とくに親しいわけでもなかった。これがボタンを押した効果なら、あまりにも予想外の反応だった。

「え、えっと……」

伸一はどう答えるべきか悩んで言いよどんだ。

ゴミを取ると言って首に触れたのに、その件に関して桜子はなにも聞いてこない。普通ならなにがついていたのか気になるはずだ。やはり、ボタンを押したことで、相談があると言い出したのだろうか。

(そういうことなら……)

彼女の申し出を受けるしかない。相談に乗ることで、ボタンの秘密が解明できるかもしれなかった。

「いいよ」

伸一は意を決すると、ゆっくり口を開いた。

「やった」

桜子がほっとしたようにつぶやき、明るい笑みを浮かべる。そして、その場で小さくぴょんと跳ねた。すると、制服の胸もとがプルンッと揺れて、思わず視線が惹きつけられてしまう。

(おおっ……)

もしかしたら、穂乃花より大きいかもしれない。いったい、どんな乳房なのだろう。ふいに欲望がふくれあがり、慌てて首を振って打ち消した。

「じゃあ、このあとうちに来てもらえますか。ちょうどバイトが終わる時間なんです」

「えっ、ちょ、ちょっと待って……」

突然の提案に慌ててしまう。

今、この場で話すのだと思っていた。ところが、家に来てくれという。確か彼女はアパートでひとり暮らしをしているはずだ。ボタンの秘密を知りたいとはいえ、二十一歳の女子大生の部屋に行くのは気が引けた。

「それは、まずいんじゃないかな」

「大丈夫です。わたしのシフト、最初から夜八時までなんです。早退するわけじゃないですよ」

「い、いや、そういうことじゃなくて」

「じゃあ、なにを気にしてるんですか?」

桜子がきょとんとした顔で小首をかしげる。そして、なにかを思いついたように「あっ」とつぶやいた。

「もしかして、ヘンなこと考えてませんでした?」

「か、考えてないよ」

そう言いつつ、またしても彼女の胸もとに目が向いてしまう。なにしろ乳房が大きいため、制服のボタンが弾け飛びそうなほど張りつめていた。

「ほんとうですかぁ？」

からかうように言われて、顔が赤くなるのがわかった。

「そ、相談があるんだろ」

伸一は慌てて視線をそらすと、懸命に表情を引き締めた。

ついむきになってしまった。年下の桜子に挑発されて、引きさがるのは格好悪い。そもそも相談に乗るだけで、下心があるわけではない。自分さえちゃんとしていれば、ふたりきりになっても問題はないはずだ。

「それで、なにがあったの？」

話題を変えようとして伸一がうながすと、桜子はうれしそうにうなずいた。

「ちょっと待っててください。すぐに帰り支度しますね」

そう言うなり、スキップするような足取りでバックヤードに向かう。そのとき、またしても大きな乳房がタプタプと波打った。

3

隣を歩いている桜子の胸もとが気になって仕方がない。

制服を脱いだ下はピンクのTシャツ一枚で、しかも身体にぴったりフィットするデザインだった。なおさら乳房のボリュームが強調されており、歩調に合わせてタプンッ、タプンッと揺れていた。

いけないと思っても、ついつい横目で見てしまう。それだけではなく、女体から甘い香りが漂ってきて、嗅覚からも欲望が刺激された。

(俺は……ボタンのことを知りたいだけだ)

懸命に理性を保ち、雑談を交わしながら歩きつづける。そして、彼女が住んでいるアパートの前に到着した。

コンビニから十分以上は歩いたと思う。いつの間にか住宅街のかなり奥まで来ていた。駅からだいぶ離れているので、そのぶん家賃が安いらしい。二階建て全八戸は伸一の住んでいるアパートと同じだが、白壁の洒落た外観でいかにも女性が好みそうだった。

「二階です」

桜子が軽い足取りで階段をあがっていく。

伸一もすぐに外階段を昇りはじめる。目の前でスカートに包まれた尻が左右に揺れていた。邪なことを考えてはいけないと思い視線を落とすが、今度は裾から剥き出しになっている生脚が目に入った。

(おっ……おおっ)

無駄毛が一本もないふくらはぎが美しい。思わず頬擦りしたくなるほどなめらかだった。

「到着、ここが我が家です」

二階にあがったとたん、桜子が立ちどまる。彼女の部屋は階段をあがってすぐの一番手前だった。

「どうぞ入ってください」

鍵を開けて桜子が先に入る。伸一も緊張を押し隠しながら革靴を脱ぎ、彼女のあとにつづいた。

「し、失礼します」

玄関を入ってすぐキッチンがあり、その向かいにユニットバスがある。その奥が八畳ほどの部屋になっていた。

(これが女子大生の部屋か……)

つい無遠慮に見まわしてしまう。

ピンクを基調とした愛らしい部屋だ。絨毯もカーテンも淡いピンクで、窓ぎわにベッドが置いてある。シーツと枕カバーはピンクの水玉模様、洋服簞笥とローテーブルは白だった。

　学生時代を思い返す。恋人もいなければ、親しい女友だちもいなかった。女性の部屋にあがる機会など一度もなく、女の子たちと楽しそうに話している男どもに嫉妬していた。

　一生、童貞のままかもしれないと悩んだこともある。だが、確実になにかが変わりつつある。まさか社会人になってから、女子大生の部屋にあがることになるとは思いもしなかった。

「伸一さん、座って」

　桜子にうながされて、床に座ろうとする。ところが、すかさず桜子が言葉を継ぎ足した。

「ベッドですよ。遠慮しないでくださいね」

「あ、ああ……」

　平静を装って答えるが、どうしても声が硬くなってしまう。

　おそらく深い意味はない。椅子がないので、ベッドのほうが座るのに楽だという単純な理由だろう。

しかし、女子大生の部屋に入っただけで緊張しているのに、ベッドに座るのはハードルが高すぎる。しかも、一日中外を歩きまわったスラックスなので、汚さないか気になった。

だが、この状況で拒むのも不自然だ。あまり意識しすぎても、逆に彼女が気を悪くするかもしれない。

（し、失礼します……）

心のなかでつぶやき、ベッドに浅く腰かけた。

ますます緊張してしまう。桜子は冷蔵庫からウーロン茶のペットボトルを取り出すと、伸一の隣に腰をおろした。

「どうぞ」

ウーロン茶をコップに注いで勧めてくれる。ところが、表情が硬くなっているのに気がついた。

（あっ、そうだった）

今ごろになって思い出す。

緊張のあまり、ここに来た本来の目的をすっかり忘れていた。

彼女はなにか相談があるって言っていたのだ。そして相談に乗れば、赤いボタンの秘密に迫れるかもしれないと思った。

「相談があるって言ってたよね」

こちらから話を振り、体を少し桜子のほうに向けてみる。そのとき、異変に気がついた。

(な、ない……またなくなってる！)

彼女の首筋から赤いボタンが消えている。

コンビニを出たときは確かにあった。アパートの前についたときも、首筋にあるのを確認している。だが、階段を昇るときに尻や生脚に気を取られて、そのあとは緊張と興奮でボタンのことなど頭から飛んでいた。

(いつ消えたんだ？)

思わず桜子の首筋を凝視する。

穂乃花のときのように痣があるかもしれないと思ったが、白くてなめらかな肌には染みひとつ見当たらなかった。

(そんなはずは……)

なにが起こっているのか理解できない。

昨日のことがあったので何度も確認したのだ。絶対に見間違いではない。先ほどまで、皮膚と一体化しているようにボタンがあった。それなのに、きれいさっぱりなくなっていた。

(俺がおかしいのか?)

ふとそう思った。

考えてみれば、誰もボタンに気づいていないのだ。昨日も今日も、伸一だけにしか見えていなかった。みんなは正常で、自分ひとりがおかしいと考えるほうが自然な気がした。

「もう……わかってるんですよね」

消え入りそうな声だった。

桜子はなぜか赤く染まった顔をうつむかせている。そして、伸一の反応をうかがうように、上目遣いにチラチラ見てきた。

「えっと……よくわからないんだけど」

いったいなにを言いたいのだろう。伸一は思わず首をかしげて、彼女の顔を見つめ返した。

「気を使わなくてもいいですよ。さっきから見てたじゃないですか」

桜子は拗ねたようにつぶやくと頬をふくらませる。まるで子供のような仕草だが、愛らしい彼女には似合っていた。

「み、見てたって……なにを？」

額にじんわりと汗が滲んだ。

胸もとを見ていたことを言っているのだろうか。確かに大きな乳房に気を取られていたのは事実だ。何度も視線が向いていたので、そのことに気づいたのかもしれない。

もしかしたら、男の人に乳房を見られるのがいやでいやでたまらないという相談ではないか。そうだとしたら、伸一の行動は最悪だ。先ほどから乳房に気を取られてばかりだった。

（ど、どうすれば……）

素直に謝るべきだろうか。それとも、最後までしらを切ってごまかすべきだろうか。

「ご……ご……」

やはり謝罪するべきだろう。

——ごめん。

その言葉が喉もとまで出かかったとき、桜子が自分の首筋に手をやった。

まさに赤いボタンがあった場所だ。なにかが気になるのか、しきりに手のひらで擦りはじめた。

(なにをしてるんだ?)

ただの偶然とは思えなかった。

どうしてボタンがあった場所を触っているのだろう。やはり痣はないし、皮膚はきれいなままだった。

「このことです……相談したかったのは……」

桜子が言いにくそうにつぶやいた。

さっぱりわからない。だが、どうやら伸一が乳房を見ていたこととは関係ないようだ。それより、彼女はまだ首筋を気にしていた。

「首……どうかしたの?」

恐るおそる尋ねてみる。すると、桜子は驚いた様子で見つめてきた。

「首じゃなくて……本当にわからないんですか?」

「う、うん……」

鈍感な男と思われそうだが、うなずくしかない。桜子がなにを相談したいのか見当もつかなかった。

「ごめん。本当にわからないんだ」

素直に告げると、彼女は呆れたように黙りこんだ。

いやな沈黙が流れる。桜子はうつむいてなにかを考えこんでいた。そして、しばらくすると顔をあげた。

「それって、気にならないってことなのかな？」

「な、なんのことだろう……」

慎重に言葉を返すと、桜子がグッと距離を縮めてくる。身体が触れ合うほど近くに座り直して、なぜか顎を少し持ちあげた。

「ちょっと試してもらってもいいですか？」

白い首筋が露になっている。もちろん、ボタンも痣も見当たらない。なめらかな肌があるだけだった。

「試すって、なにを？」

「匂いを……嗅いでほしいんです」

桜子は恥ずかしげにつぶやいた。

「わたし、自分の体臭が気になって……それが悩みなんです」

それが相談したいことだったらしい。

まったく予想外の悩みで、ほっとすると同時に驚きも湧きあがった。彼女の体臭が気になったことなど一度もない。だが、桜子は深刻な表情になっている。そういえば、彼女はいつも甘い香水をつけていた。あれは自分の体臭をごまかすためだったのかもしれない。

「ヘンなこと頼んでごめんなさい。どれくらい匂うのか気になって……でも、こんなこと相談できる人がいないから。伸一さん、いい人だから、お願いするなら伸一さんしかいないと思ったんです」

「そ、そうなんだ……」

どんな言葉をかければいいのかわからない。それでも、伸一はできるだけ穏やかな声で語りかけた。

「もちろん、俺でよければ協力するよ」

「じゃあ……お願いします」

桜子は顎をあげて首筋をさらした状態で、また少し近づいてくる。白くてなめらかな皮膚が艶めかしく映った。

「で、では……」

遠慮がちに鼻先を近づける。首に触れないように気をつけながら、そっと息を吸いこんだ。

果実系の甘い香りがするだけで、他の匂いは感じない。気になるようなことはなにもなかった。

「うん、大丈夫。まったく問題ないよ」

彼女を元気づけたい気持ちもあって断言する。ところが、とたんに桜子は不満げな顔になった。

「ちゃんと嗅いでください」

「嗅いだけど大丈夫だったよ」

「離れてたじゃないですか。もっと近づいてくれないと」

強く主張するので、仕方なくもう一度顔を近づけていく。すると、桜子のほうから首を突き出してきた。

「わっ……」

鼻先が首筋に触れてしまう。慌てて離れようとするが、桜子が肩に手をまわしてきた。

「こ、こんなにくっつくの？」

「だって、恋人ができたら、これくらいくっつくの当たり前でしょ？」

確かにセックスをするときは密着するし、首筋に触れることもあるだろう。彼女はそういうことまで想定して、体臭を気にしていたらしい。

「わ、わかったよ」

伸一は鼻を首筋に密着させたまま、大きく息を吸いこんだ。

鼻腔に香水の匂いが流れこんでくる。だが、それだけではない。微かに汗の香りもまざっていた。

「なんにも臭くない」

鼻を首から離して結果を告げる。

嘘を言ったわけではない。ほんのり汗の匂いはしたが、不快な感じはまったくしなかった。むしろ、牡の興奮を誘うような香りで、危うくペニスが反応しそうになった。

「正直に言ってください。気を使ってくれなくていいんです」

桜子がまっすぐ見つめてくる。

真剣な表情で懇願されて、どう答えればいいのか迷ってしまう。体臭を気にしている女性に、少しだけ汗の匂いがすると言ったら、「やっぱり」と過剰な反応を示すのではないか。決して臭いわけではない。だが、誤解される可能性は充分あった。

「本当に臭くないよ。でも、人それぞれ匂いはあるよね。だから、鼻をくっつければ、桜子ちゃんの匂いは微かにするよ。もちろん、それはまったく臭くないけどね」

伸一は言葉を選びながら慎重に話した。

誤解を招かないように細心の注意を払ったつもりだ。すると、桜子はなぜかTシャツの裾をつまんでまくりあげると頭から抜き取った。淡いピンクのブラジャーが露になり、胸もとがタプンッと大きく揺れた。

「なっ……なにしてるの?」

驚きの声をあげながらも凝視してしまう
乳房が大きいので、そのぶんだけ谷間も深くなる。いつもコンビニで笑顔を振りまいている看板娘の桜子が、下着姿をさらしているのだ。驚いたのはもちろんだが、興奮が湧きあがるのを抑えられなかった。

「ちゃんとチェックしてもらいたいから……」

さらに桜子はスカートもおろして、つま先から抜き取ってしまう。股間には淡いピンクのパンティがぴったり張りついている。こんもり盛りあがった恥丘が卑猥で、またしても視線が惹きつけられた。

「あっ……」

さすがに羞恥がこみあげたらしい。桜子は内腿をぴったり閉じて、両腕で自分身体を抱きしめた。

「む、無理はしないほうが……」

伸一が声をかけると、彼女は顔を赤くしながらも首を左右に振りたくる。そして、ベッドの上で仰向けになった。

4

「もう一度……ちゃんと嗅いでください」

桜子は横たわった状態で語りかけてきた。

身に着けているのはブラジャーとパンティだけという色っぽい格好だ。腰がくびれており、平らな腹部に見える縦長の臍が愛らしかった。

「服は脱がなくても……」

伸一が語りかけると、彼女は即座に否定した。

「どうしても自分の体臭が気になるんです。高校二年のバレンタインデーに、好きな男の子に告白したら、おまえ汗臭いって言われて……」

なんてデリカシーのない男だろう。でも、なんとなくわかる気がする。その男は照れていただけではないのか。桜子のようなかわいい子に告白されて、テンパってしまったに違いない。

「このままだと恋愛もできません。わたし、まだ誰ともつき合ったことがないんです」

衝撃的な言葉だった。

桜子はポニーテールが似合う健康的で可愛らしい女性だ。彼女をひと目見たくてコンビニに通っているのは伸一だけではないだろう。それなのに、まだ男性と交際したことがないとは驚きだった。

(ってことは、処女なのか？)

ついよけいなことを考えてしまう。

彼女が真剣に悩んでいるのに不謹慎だが、この状況で想像するなと言うほうが無理な話だ。なにしろ、桜子は下着姿をさらしている。眩いほど白い肌を目にしたことで、邪な気持ちがふくれあがった。

「お願いします……今度はここを」

桜子は両腕を頭上に持ちあげると、無駄毛がきれいに処理された腋の下を剝き出しにした。

顔をまっ赤に染めて懇願している。腋の下の匂いを嗅いでほしいらしい。下着姿で腋窩をさらすのは、かなり勇気がいることだったろう。ここまでされて断るわけにいかなかった。

「は……はじめるよ」

自分に気合いを入れるためにつぶやいた。

極度の緊張で体が熱くなっている。伸一はジャケットを脱ぐと、女体に覆いかぶさった。

腋の下に顔を近づけていく。女性の腋の下をこれほど至近距離から見るのははじめてだ。無駄毛は一本もなくてツルツルしている。女体はどこもかしこも柔らかいが、腋の下の皮膚はとくに繊細そうだった。

鼻を寄せると、そのままそっと押し当てる。とたんに女体がピクッと小さく反応した。

「ンっ……」

桜子の唇から微かな声が溢れ出す。

羞恥に襲われているのか、それともくすぐったいのか。おそらく、その両方だろう。だが、ここで中断してしまったら、彼女が気にしていることを確認できなくなってしまう。

伸一は鼻先を腋の下に押し当てた状態で、大きく息を吸いこんだ。

微かに汗の匂いはするが、まったく臭くはない。首筋と同じで、牡の興奮を煽り立てるフェロモンのようだった。

「桜子ちゃん――」

顔をあげると、桜子に話しかける。結果を報告するつもりだったが、彼女の声に遮られた。

「反対側もお願いします」

「う、うん……」

頼まれると断れない。それに嗅いでみたい気持ちも強かった。おそらく同じだと思うが、そんなことは口に出さず、すぐに反対側の腋の下に鼻先をそっと押し当てた。

（ああっ、この感触……）

桜子の腋窩は想像していた以上に柔らかい。しかも、ほんのりと漂ってくる女体の香りが、牡の本能を刺激していた。

スラックスのなかでペニスがむくむくとふくらんでしまう。腋の下の匂いを嗅いでいる状態では理性も働かない。どうしても抑えこむことができず、瞬く間に硬くなってしまった。

「ど、どうですか？」

桜子が震える声で尋ねてくる。だが、伸一は答える余裕もなく、腋の下の匂いを嗅ぎつづけた。

「むうう……うむっ」

鼻をますます押しつけて、深呼吸をくり返す。甘ったるい女体の香りで肺を満たせば、さらに気分が高揚した。

「あンンっ……く、くすぐったいです」

伸一が匂いを嗅ぐことで息が当たるのだろう。桜子はたまらなそうに女体をもじもじよじらせはじめた。その動きが色っぽくて、少し意地悪をしたくなってしまう。伸一は執拗に匂いを嗅ぎつづけた。

「よくわからないから、もうちょっと……んんっ」

「は、早く……はンンっ」

桜子は両腕をあげたまま懇願してくる。内腿をもじもじ擦り合わせて、いつしかハアハアと胸を喘がせていた。

そんな彼女の姿に欲望がますます高まってしまう。伸一は鼻先だけではなく、唇をそっと腋の下の皮膚に押し当てた。

（おおっ、や、柔らかい）

まるでシルクのようになめらかで、少し押すだけで破れてしまいそうだ。唇でなぞってみると、女体がヒクヒクと反応した。

「あっ……な、なにしてるんですか？」

桜子はとまどった声を漏らすが、いやがっている様子はない。だから、伸一は舌を伸ばして腋の下に這わせていった。

「そ、そんなことまで……ああンっ」

下着だけを纏(まと)った女体をくねらせて、甘い声を振りまきつづける。そんな彼女の姿を目にしたことで、牡の欲望がさらに加速してしまう。腋の下をたっぷり舐めまわして、ようやく顔をあげた。

「だ、大丈夫……全然、臭くなんかないよ」

興奮のあまり声がうわずってしまう。すでにスラックスの前はパンパンにふくらみ、ボクサーブリーフの裏には我慢汁が付着していた。

「ほ……本当に？」

尋ねてくる桜子の声もうわずっている。腋の下を散々舐められたのだから当然かもしれない。愛撫を施されたのと同じような状態だった。

「すごくいい匂いだよ。だから、ごめん。つい舐めちゃった」

伸一が正直に告げると、桜子は濡れた瞳で見あげてきた。

「やっぱり、伸一さんにお願いしてよかった」

意外な言葉だった。

勢いで舐めたことが、本当に臭くないという証明になったのかもしれない。桜子もようやく納得した様子で照れ笑いを浮かべた。その表情が可愛らしくて抱きしめたい衝動に駆られるが、懸命に欲望を抑えこんだ。

「あとね……もうひとつ気になっていることがあるんです」

桜子はなにやら言いにくそうにしながら切り出した。

「わたし、その……まだ経験がないんです」

「あ……そ、そうなんだ」

予想していたとおり、桜子はヴァージンだった。

まだ二十一歳と若いので、なにも心配することはないと思う。だが、彼女はそのことをずいぶん気にしているようだった。

「処女って、なんか重いじゃないですか。男の人に面倒って思われるのがいやなんです」

「そんなことないと思うけど……処女を捧げてもらって、感動する男もたくさんいるんじゃないかな」

「でも……わたしの友だちは、みんなとっくに捨てちゃってるし……」

桜子は一歩も引こうとしない。ヴァージンであることがコンプレックスになっているようだ。伸一からすると大切なものに思えるが、彼女にとっては恋愛の足枷でしかないのだろう。

「伸一さん、わたしの処女をもらってください」

真剣な顔で言われて困惑してしまう。さすがにそれは荷が重すぎた。なにしろ、伸一はまだ一度しかセックスの経験がないのだ。昨日、童貞を卒業したばかりだった。

「そ、それはいくらなんでも……本当に好きな人と出会ったときのためにとっておいたほうが……」

やんわり辞退しようとするが、とたんに桜子の顔が悲しげに歪んでいく。そして、見るみる瞳が涙で潤みはじめた。

「やっぱり、処女ということが重いんですね」

「い、いや、そういうことじゃなくて……」

「じゃあ、なんなんですか？」

桜子に詰め寄られて、すぐには答えられない。はじめての相手になることを考えた瞬間、重荷に感じたのは事実だった。しかし、今までそんな目で俺を見ていたのだろうか。

「伸一さんなら力になってくれると思ったのに……うっ、うぅっ」

ついに桜子は嗚咽を漏らしはじめる。瞳から大粒の涙が溢れて、こめかみを流れ落ちていった。

(そんな……)

昨夜は穂乃花に泣かれて、今日も結局、桜子に泣かれてしまう。涙を見せられたら、突き放すことなどできなかった。

「わ、わかった……わかったから、もう泣かないで」

伸一が慌てて話しかけると、桜子はしゃくりあげながら見つめてきた。

「わたしのはじめて……もらってください」

愛らしい女子大生があらためて懇願してくる。

信じられないことだが現実だ。昨日のことといい、これもあの赤いボタンを押したせいだろうか。正直なところ悪い気はしない。伸一は後ろめたさを感じながらも、こっくりうなずいた。

ネクタイをほどき、服を脱ぎ捨てていく。ボクサーブリーフを一気におろすと、すでに屹立しているペニスが剝き出しになった。

「あっ……」

桜子がチラリと視線を向けて息を吞んだ。もしかしたら、ペニスを見るのははじめてかもしれない。

「す……すごく大きいんですね」

「普通だと思うよ。勃起すればこんなもんだよ」

伸一は謙遜してつぶやいた。

昨日は穂乃花も「大きい」と言ってくれたので、サイズには勝手に自信を持ってしまった。ところが、桜子はきょとんとした顔になり、一拍置いてから納得した様子で「ああっ」とうなずいた。

「これが大きくなってる状態なんですね」

桜子の言葉を聞いて力が抜けそうになった。はじめてペニスを見た彼女は、これが普通の状態だと勘違いしたらしい。自分の間違いに気づいて、ほっとしたような笑みを浮かべた。

「びっくりしちゃいました。これでも大きいのに、もっと大きくなったら怖いじゃないですか。ごめんなさい、ヘンなこと言って」

「い、いや……大丈夫だよ」

伸一は思わず苦笑を漏らすが、彼女はさらに話しかけてくる。はじめて目にしたペニスのことが気になって仕方ないらしい。

「ところで、どうして大きくなってるんですか。まだ、なにもしていないじゃないですか」

「それは……桜子ちゃんの匂いを嗅いだからだよ」

実際は彼女の反応も含めてだが、ここは匂いがよかったことを強調しておいたほうがいいだろう。これまでコンプレックスに思っていた体臭が、まったく問題ないということをわかってほしかった。

「そう……なんですか？」

「とってもいい匂いだよ」

「うん……」

桜子が照れ笑いを浮かべてうなずいた。

伸一は添い寝をすると、女体をそっと抱き寄せる。背中に手をまわして、ブラジャーのホックをプツリとはずした。

（おっ……こ、これは……）

思わず感嘆の声が喉もとまで出かかった。

カップを押しのけて、双つの大きな乳房がまろび出た。白くて張りがあり、名前と同じ桜色の乳首がツンととがり勃っている。穂乃花より大きいのに、サイドに流れることなく形を保っていた。

「ああっ……」

羞恥がこみあげたらしく、桜子は両手で乳房を覆い隠してしまう。それならばと、伸一はパンティに手を伸ばした。

「ま、待ってください」

桜子の声を無視して、一気に引きおろすとつま先から抜き取った。さらには膝を割り開き、幼子がおしめを替えるときのような格好に抑えこむ。陰毛がうっすら茂る恥丘と、パールピンクの陰唇が露になった。

ヴァージンだけあって、まったく形崩れのない二枚の花弁がぴったり口を閉ざしていた。穂乃花の濡れそぼった膣口も魅力的だったが、桜子の穢れなき女陰にもそそられる。

「は……恥ずかしい」

ささやくような声が、なおさら牡の欲望を煽り立てる。ヴァージンなのでやさしく接したほうがいいと思うが、なにしろ伸一も二回目のセックスだ。彼女の反応ひとつひとつに興奮が高まった。

「桜子ちゃんっ」

思わず股間に顔を埋めていく。女陰に口を押し当てると、無我夢中で舌を伸ばして舐めまわした。

「そ、そんなところ……あぁッ」

女体がビクンッと反応して、桜子の嬌声が響き渡った。

いきなり陰唇を舐められて困惑している。伸一も勢いのままむしゃぶりついたが、はじめてのことでとまどっていた。

クンニリングスなら、インターネットやアダルトビデオで見たことがある。女性の身体は男より繊細なので、やさしい愛撫が好まれるという話もどこかで聞いたことがあった。

とにかく舌を伸ばして、二枚の花弁を舐めあげる。右を舐めたら今度は左、下から上に向かってゆっくり交互に舌を這わせた。

「あっ……あっ……」

桜子が内腿を小刻みに震わせる。舌の動きに合わせて声を漏らしながら、宙に浮いているつま先をピクピクと跳ねあげた。

(濡れてきたぞ……)

女陰の合わせ目から、透明な汁がじんわりと染み出てくる。彼女が反応してくれたことで、より大胆に舌を使って舐めまわす。愛蜜を舌先ですくいあげて、二枚の陰唇にねっとり塗り伸ばした。

「ここもいい匂いがするよ」

甘酸っぱい香りが漂ってきて、頭の芯が痺れたようになってくる。華蜜の芳香にうっとりしながら、念入りに舌を躍らせた。

「そ、そんなところ……か、嗅がないでください」

「本当にいい匂いだよ。気にしなくても大丈夫だよ」

「ああンっ、ダ、ダメ……あああッ」

桜子の喘ぎ声が大きくなっていく。女陰もぐっしょり濡れており、そろそろ頃合いかもしれなかった。

伸一は股間から顔をあげると、正常位の体勢で覆いかぶさる。そして、いきり勃ったペニスの先端を女陰に擦りつけた。

「さ、桜子ちゃん……」

緊張を押し隠して声をかける。すると、彼女もひきつった顔で見あげてきた。

「は……はい」

そのひと言に決意がこもっている。桜子は揺らぎない心で、伸一にヴァージンを捧げるつもりでいたのだ。

ふたりは視線を交わすと、小さくうなずき合った。

伸一は亀頭で割れ目をなぞり、少しくぼんだ部分を発見する。おそらく、そこが膣口だ。昨日は穂乃花が上になってくれたので自信がない。しかし、こうなったら最後までやり遂げるしかなかった。

（いくぞ……）

心のなかで自分に言い聞かせるようにつぶやいた。

腰をゆっくり押し出していく。亀頭の先端がぬかるみに沈みこみ、クチュッという湿った音が聞こえてくる。だが、すぐに弾力のある壁のようなものにぶつかった。

「ンっ……」

桜子が目を閉じて小さな声を漏らした。

おそらく、これが処女膜だ。このまま突き進むしかない。伸一はかつてない興奮を覚えながら、腰に力をこめて押しこんだ。

「ふんっ！」

亀頭が行く手を阻む膜をグググッと圧迫した直後、なにかを突き破るような感触が伝わってくる。そして、急に抵抗がなくなり、気づいたときにはペニスが根元まではまっていた。

「ひンンンッ！」

桜子の唇から金属的な声がほとばしった。

身体の両脇に置いた手でシーツを強くつかみ、背中を大きく反らしている。顎を跳ねあげて、眉を八の字に歪めていた。

「は、入ったよ」

伸一は動きをとめると女体をそっと抱きしめる。そして、耳もとでできるだけやさしくささやいた。

破瓜の痛みが全身を貫いているのだろう。桜子は答える余裕もなく、全身を力ませている。はじめての挿入に驚いているのか膣は猛烈に締まり、ペニスをこれでもかと絞りあげていた。

(ううっ、す、すごい……)

昨日セックスを経験していなかったら、一気に精を噴きあげていたに違いない。まだ挿入しただけなのに、それくらいの快感がひろがっていた。

キスをしようと思ったが、彼女のファーストキスは本当に好きな人ができたときのために取っておいたほうがいいだろう。その代わり、大きな乳房に手を這わせていった。

ゆったり揉みあげると、驚くほどの柔らかさが伝わってくる。それなのに適度な弾力もあるから不思議だった。

両手で双つのふくらみをこねまわしていく。桜子は目を強く閉じているだけでじっとしている。まだロストヴァージンの衝撃が全身に残っているのかもしれなかった。

時間をかけて乳房を揉みほぐすと、先端で揺れている乳首をつまみあげる。軽く触れただけだが、それまで硬直していた女体がピクッと反応した。

「ああっ……」

桜子の唇から微かな声が溢れ出す。どうやら乳首が感じるらしい。すぐに硬くなって、さらに感度が高まった。そこを刺激することで、膣のなかも連動してウネウネと蠢いた。

(き、気持ちいい……)

猛烈にペニスを締めつけられて、快感の波が次から次へと押し寄せている。もう動きたくてたまらなかった。

「す、少しだけ……す、すぐに終わるから……」

これ以上がまんできず、ゆっくり腰を振りはじめる。ペニスをじわじわ引き出して、再び根元まで押しこんでいく。

ロストヴァージン直後の女体をいたわり、超スローペースの抽送だ。それでも彼女は激しく反応した。

「はンンッ……」

「だ、大丈夫……なんかヘンな感じなんです」

桜子は涙に濡れた瞳を向けて、無理に笑みを浮かべてくれる。まだ痛みがあるのは間違いないが、それだけではないようだ。その証拠に乳首は硬く充血しているし、なにより膣から愛蜜が溢れていた。

「ゆっくり動くから……んんっ」

ほんの少し出し入れするだけで、猛烈な快感が押し寄せる。締まりが強いせいかもしれない。早くも射精欲が湧きあがった。

「こ、これは……ううッ」

乳房を揉み、乳首を手のひらで転がしながら腰を振る。すると、またしても膣のなかが艶かしく蠢いた。

「くうッ……桜子ちゃんのなか、すごいよ」

「ああンっ、き、気持ちいいんですか？」

桜子が苦痛と快楽の入りまじった顔で尋ねてくる。

まだ破瓜の痛みはあるが、乳首は間違いなく感じていた。もしかしたら、膣でも感じはじめているのかもしれない。ピストンするたび、媚肉のうねり方が確実に大きくなっていた。

「す、すごくいいよ……ううッ、気持ちいいっ」

快楽に誘われて、ついついピストンが速くなってしまう。ペニスを出し入れするほど、女壺の締まりが強くなった。

「あッ……あッ……な、なんか、わたしも……」

桜子の声も大きくなる。もうこうなると感じているようにしか見えない。乳首はさらにとがり勃ち、乳輪まで硬くなっていた。

「ううウッ、も、もう……」

「あッ、ああッ、伸一さんっ」

伸一が快感を訴えれば、桜子は両手を伸ばして伸一の腰にまわしてくる。自然とピストンが速くなり、ついに絶頂の嵐に呑みこまれた。

「くううウッ、で、出るっ、くおおおおおおッ！」

ペニスを根元まで埋めこんだ状態で、思いきり精液を噴きあげる。処女肉に締めつけられての射精は、全身が痙攣するほど強烈だった。

「あ、熱いっ、あああッ、あひあああああああッ！」

桜子も感極まったような声を響かせる。沸騰したザーメンを大量に注がれた衝撃で、女体が大きく仰け反った。

膣が収縮した状態でビクビク震えている。もしかしたら、彼女も快楽に襲われているのかもしれない。さすがにはじめてのセックスで絶頂することはないと思うが、甘い刺激に襲われているようだった。

伸一は結合を解くことなく、女体をやさしく抱きしめた。

こういうとき、どんな言葉をかければいいのかわからない。とにかく、彼女の髪をそっと撫でつづけた。


「伸一さん……ありがとう」

消え入りそうな声だった。しかし、桜子の恥ずかしげな声は、伸一の耳にはっきり届いていた。

どれくらい裸のまま抱き合っていたのだろう。

結合を解いて彼女に毛布をかけると、伸一は身なりを整えた。そして、桜子に声をかけようとしたとき、先に彼女が口を開いたのだ。

「俺のほうこそ……ありがとう」

はたして上手くできたのだろうか。

慣れている男なら、もっとスマートに導けたのではないか。女性経験が少ないことを最初に言えなかった。格好悪いと思ってつい隠してしまったことを、今さらながら申しわけなく思った。

「桜子ちゃんなら、すぐに恋人ができると思うよ」

伸一が声をかけると、彼女は毛布から顔だけ出した状態で恥ずかしげにうなずいた。

「うん、ありがとうございます。なんだかすっきりしました」

もしかしたら、コンプレックスを克服できたのだろうか。桜子は爽やかな表情でにっこり微笑んだ。

「じゃあ、俺はこれで」

背中を向けると、桜子が「あの」と声をかけてきた。

「伸一さんも、きっと上手くいくと思いますよ」

「え?」

思わず振り返り、桜子の目を見つめ返す。すると、彼女はいたずらっぽい笑みを漏らした。

「花屋さんに気になる方がいるんですよね」

のだろう。

とっさに言葉を返せない。花屋の話をしたときに、想い人がいるとばれていた

「うっ……」

「それと、これまでどおりコンビニに来てくださいね」

桜子は朗らかに語りかけてきた。

いつの間にか完全にペースを握られている。ロストヴァージンの直後だという

のに、感慨に耽っている様子などまるでなかった。

「う……うん」

伸一はやっとのことでうなずいた。

彼女が喜んでくれたのならそれに越したことはない。しかし、なにか釈然とし

ないものを感じていた。

第三章　会議室の乳房

1

（昨日のも、やっぱり……）

伸一はまたしても昨日のことを考えていた。

今は外まわり中で、電車を使って得意先に向かっているところだ。しかし、頭のなかは昨夜のことでいっぱいだった。

結局、赤いボタンのことはよくわからないままだ。

穂乃花のときも桜子のときも、ボタンを押したことで急接近して最終的にセックスできた。

(いったい、どういうことなんだ……)

普通に考えたらあり得ないことばかりだ。

彼女たちの身体にプラスティック製のボタンが出現して、なぜか伸一にしか見えていなかった。

(もしかして……)

ふとある考えが脳裏に浮かんだ。

あのボタンは「女性が気にしている場所」に出現するのではないか。穂乃花のときは夫からDVを受けて痣ができた右手の甲、桜子のときは体臭が気になっていた首筋だった。

(でも、どうして俺にだけ見えたんだ? それになぜ消えてしまうんだ?)

疑問が尽きることはない。

どんなに考えても、わからないことばかりだ。そもそもがあり得ないことなので、想像するだけで正解がわからない。誰かに相談しても変人扱いされるだけだろう。

(穂乃花さん、大丈夫かな……)

やはり穂乃花のことが気になった。

彼女は夫の浮気で悩んでいた。花屋で働いているときは明るい笑顔を振りまいているのに、夫のことを話しているときは淋しそうだった。

もし自分が穂乃花と結婚したら、絶対に悲しませるようなことはしない。全力で楽しませて、幸せにする努力を惜しまない。仕事だって気合いが入り、もっとがんばれるだろう。

(あのボタンを押したら結婚できればいいのにな……)

ぼんやり妄想に耽っているうちに、降りる駅を通りすぎてしまった。

今は仕事に集中しなければならない。営業成績はお世辞にもいいとは言えなかった。これ以上、数字を落とすわけにはいかない。ただでさえ人と話すのが苦手なのに、他のことに気を取られていたら失敗してしまう。

(やばいぞ、遅刻だ)

腕時計に視線を落とすと、額から汗が噴き出した。

次に向かう先は、アパレルメーカーのユニバースだ。午後一時すぎに訪問すると約束していたのに、すでに現時点で一時をまわっていた。

担当者の八橋すみれの顔が脳裏に浮かんだ。

せっかく昨日は機嫌がよかったのに、このぶんだと逆鱗に触れるのは間違いない。あの切れ長の瞳でにらみつけられたときのことを想像するだけで、全身がすくみあがってしまう。

とにかく、急がなければならない。電車を乗り換えて戻ると、少しでも遅れを取り戻そうと駅から必死に走った。

2

「一時って言ったわよね」

すみれの淡々とした声がオフィスに響き渡っている。

クリーム色のスーツに身を包み、腰に両手を当てて立っていた。ナチュラルベージュのストッキングに包まれたふくらはぎはスラリとして、足首は折れそうなほど細く締まっている。ハイヒールを履いているため、ただでさえ長い脚がさらに長く見えた。

「す、すみません。二度とこのようなことがないように気をつけます」

伸一は顔をひきつらせながら必死に謝罪する。駅から走ってきたため、全身汗だくになっていた。

ユニバースのオフィスに入るなり、すみれが待ち構えていたようにツカツカと歩み寄ってきた。悪いのは約束の時間に遅れてきた伸一だ。いっさい言いわけのしようがなかった。

「高田さん、あなた前にも遅れてきたことがあったわね。あのときも同じことを言っていたわよ」

決して声を荒らげることはない。あくまでも抑揚を抑えた声で、静かに怒りつづけていた。

「時間を指定しているということは、こちらもそこに合わせて予定を組んでいるのよ。高田さんも新人の営業マンではないのだから、それくらいのことは言われなくてもわかるわよね」

「は、はい……す、すみません」

もうそれ以外に言うことが思いつかない。とにかく、ペコペコと頭をさげるしかなかった。

オフィスには他にも社員が十名近くいる。誰もがこちらを見ないようにパソコンに向かっているが、当然ながら声は聞こえているだろう。恥ずかしくてならないが、それより今はすみれの怒りを鎮めるのが先決だ。

「本当に申しわけございません」

額に汗を浮かべながら、腰を九十度に折って謝罪する。そのとき、なにか赤いものが視界をよぎった。

（……ん？）

気になってゆっくり顔をあげていく。すると、すみれの胸もとにあの赤いボタンを発見した。

「あっ……」

思わず小さな声が漏れてしまう。とたんにすみれが怪訝(けげん)な表情になり、伸一の顔をまじまじと見つめてきた。

「どうしたの？」

「い、いえ……す、すみません」

慌てて頭をさげるが、赤いボタンが気になって仕方がない。もう視線をそらすことができなくなっていた。

すみれはクリーム色のジャケットの下に白いブラウスを着ている。そのブラウスの胸の真ん中に、小さな赤いボタンが確かにあった。

（どうなってるんだ？）

ブラウスの布地にボタンがついているのか、それともブラウスに穴が開いていてボタンが露出しているのだろうか。もう少し近くから見ないと、どうなっているのかわからない。

オフィスにいる社員たちは気づいていないらしい。誰もこちらを見ないのがその証拠だ。誰かひとりでも赤いボタンが目に入っていれば、なにか言うのではないか。しかし、場所が場所だし、もともと見えづらいというのもあるだろう。

(また、俺だけか……)

怒られている最中だというのに、意識はボタンに向いていた。小さいとはいえこれほどはっきり見えているのに、なぜ自分にしか見えないのだろうか。

「どうして時間に遅れたの?」

すみれに質問されてはっとする。慌ててボタンから視線をそらすと、彼女の顔をまっすぐ見つめた。

「で、電車で乗り過ごして……」

つい本当のことを言ってしまう。その直後、すみれの顔つきがあからさまに変化した。

「電車を乗り過ごしたですって?」

「し、資料を読んでいて……」

ぼんやり考えごとをしていたなどと言えるはずがない。とっさに言いわけするが、すみれは苛立ちを隠すことなくにらみつけてきた。

「仕事中にそんなことあるかしら」

「す……すみません」

とにかく謝って許してもらうしかない。懸命に頭をさげるが、またしてもボタンが目に入ってしまう。

(押してみたい……)

ふとそう思った。

これこそボタンの魔力だ。押すとなにが起こるのか試してみたくなる。謎であればあるほど、欲望は急速にふくれあがっていく。

だが、女性の胸もとにあるボタンを押せるはずがない。相手は取引先の担当者で、しかも今は怒っている最中だ。ましてや周囲には社員がいる。手を伸ばすだけで、痴漢だセクハラだと騒がれるに決まっていた。

「高田さん――」

そのとき、すみれの口調が強くなった。

「どこを見てるの？」

決して大きな声ではないが、あきらかに怒気がこもっている。恐るおそる顔を見ると、怒りのあまり頬の筋肉がこわばっていた。

「い、いえ……あ、あの……」

言いわけすら思いつかず、しどろもどろになってしまう。伸一の視線に気がついたに違いない。

（まずい……これはまずいぞ）

手を伸ばしたわけではないが、凝視していただけでもセクハラと取られかねない。実際、見ていたのだから、言い逃れはできなかった。

「今、どこを見ていたのか聞いてるの」

すみれが同じ質問をくり返す。そして、自分の胸もとを見おろすと、再び伸一に向き直った。

どうやら、彼女にも赤いボタンは見えていないらしい。先ほどと変わらず、ただ伸一に怒りを向けている。これでは「ボタンを見ていました」と言っても、火に油を注ぐだけだろう。

（どうすれば……）

全身の毛穴が開いて、冷や汗がどっと噴き出した。

「よそ見をするって、どういうことかしら」

怒りが頂点に達しているのかもしれない。すみれは抑揚のない声で淡々と語りかけてくる。その声は静まり返ったオフィスに響き渡っていた。

不穏な空気を感じたのだろう。他の社員たちはチラリとも見ないが、こちらの様子をうかがっているのが伝わってくる。気にはしているが、誰もがかかわらないようにしていた。

このままでは会社にクレームを入れられてしまう。もともと営業成績の悪い伸一は、さらにつらい立場に追いやられる。下手をすれば、セクハラ行為を働いたとして解雇されるのではないか。

「高田さん、さっきから黙ってるけど、なにか言いたいことはないの？」

「ご……誤解なんです」

かすれた声になってしまう。胸もとを見ていたのは事実なので、強く主張できないのがつらかった。

「誤解？　そう、言いたいことはそれだけね」

「あ、あの、どうか……」

「とにかく、わたしは事実を満開商会さんに連絡させていただきます。もう帰ってもらって結構よ」

取りつく島もないとはこのことだ。この様子だと、かなり強く抗議するのは間違いない。

（もうお終いだ……）

絶望が胸の奥にひろがっていく。

どうせクビになるのなら、一か八かに賭けるしかない。あの赤いボタンを押せば、なにかが変わる可能性もある。可能性はわずかだとしても、試してみる価値はあるのではないか。

「話は終わりね。それじゃあ」

すみれが背中を向けようとする。これが最後のチャンスだ。

「し、失礼します！」

決死の覚悟で思いきって手を伸ばした。

「なっ……」

すみれが両目を見開き、驚愕の表情を浮かべる。今にも悲鳴をあげそうになるが、それより一瞬早く伸一の指先がボタンに届いた。

カチッ――。

微かな音がして、指先に機械的な感触が伝わった。

伸一はすぐに手を引き、直立不動の姿勢に戻る。さすがに他の社員たちも何事かといっせいに視線を向けた。

すみれは目を見開いたまま固まっている。

唇は半開きになっているが、悲鳴が漏れることはなかった。一拍置いて肩から力が抜けていく。すみれはそのまま頭を垂れると、大きく息を吐き出した。

「や……八橋さん？」

恐るおそる名前を呼んでみる。すると、すみれはゆっくり顔をあげた。

（あ……あれ？）

別人のように自信なさげな顔になっている。なにが起こったのか、瞳がしっとり潤んでいた。

「高田さん……」

すみれが呼びかけてくる。声に張りがなく、今にも消え入りそうだった。

「は、はい……」

「ちょっとお時間いいかしら？」

どういうわけか目を合わせようとしない。チラチラと見るだけで、すぐに視線をそらしてしまう。

「大切な話があるの」

急にしおらしくなっている。だが、まだ安心できない。これは嵐の前の静けさというやつかもしれない。気を抜いたとたん、ガツンとやられる可能性も否定できなかった。

「も、もちろんです」

「では、会議室に行きましょう」

すみれはそう言ってオフィスから出ていく。伸一はわけがわからないまま、彼女のあとを追いかけた。

3

伸一とすみれは、なぜかオフィスの隣にある会議室にいた。

窓には白いブラインドが取りつけられており、羽根は閉じられているため外は見えない。蛍光灯の白っぽい光が室内を照らしていた。

細長いテーブルが六つ、大きな長方形を作るように置いてある。周囲にはパイプ椅子がいくつもあり、壁ぎわにはホワイトボードも用意されていた。広さがあるので、どうにも落ち着かなかった。

会議室に入るなり、すみれはなぜかドアに鍵をかけた。そして、今は壁に向かって立っている。

(大切な話って、なんだ?)

ドアに鍵をかけるくらいだから、よほど重要な話に違いない。しかし、先ほどから妙に静かなのが気になった。

「どうして……」

ようやく、すみれが口を開いた。こちらに背中を向けたままで、ようやく聞き取れる小さな声だった。

「どうして、わたしの胸を見ていたの?」

「そ、それは……」

ストレートな質問にとまどってしまう。そんなことを聞かれるとは思っていなかった。

(これも、きっとボタンを押したから……)

彼女の声を聞いて確信した。

ふたりきりになり、すっかり気落ちしたような態度になっている。つい先ほどまで、あれほど怒っていたのが嘘のようだ。ボタンを押した影響が出ているに違いなかった。

どう答えるべきか迷っていると、すみれがゆっくり振り向いた。

(あっ……な、ない)

胸もとにあったボタンが消えている。そこには、ただ白いブラウスがあるだけだった。

どうやら、ボタンは押すと消えるらしい。穂乃花のときも桜子のときも、気づくと跡形もなく消えていた。だが、これで終わりではないだろう。これまでのパターンからすると、すみれはなにかを打ち明けるはずだ。

「小さいと思ってたんでしょう」

彼女の言っている意味がわからず、伸一は首をかしげた。

「気を使わなくていいのよ。自分でも小さいと思ってるんだから」

すみれは悲しげな表情になっている。そして、自分の胸もとを見おろすと、小さなため息を漏らした。

どうやら、乳房のサイズのことを言っているらしい。確かに穂乃花や桜子のように目立って大きくはないが、ほどよい感じでふくらんでいる。よく乳房の小さな女性のことをまな板と言うが、それとはまったく違う。ちょうどよいサイズに感じられた。

すみれはアパレルメーカーに勤務しているのだから、服のサイズなどから乳房の平均的な大きさを知っているはずだ。それとも、自分のことになると冷静に判断できないのだろうか。

「小さいとは思いませんけど……」

伸一は慎重に告げるが、すみれは即座に首を左右に振って否定した。

「じゃあ、どうして見ていたの？」

「そ、それは……」

ボタンを見ていたと言っても信じてもらえないだろう。彼女にも見えていないのだから、下手な言いわけにしか聞こえないはずだ。

「こいつ、偉そうなこと言ってるけど、おっぱいは小さいな、とか思っていたんでしょう」

「そ、そんなこと思ってないですよ」

つい強い口調で反論してしまう。

すみれはすっかり卑屈になっている。いつもの勝ち気な彼女とは、まったくの別人になっていた。

もしかしたら、これがすみれの本来の姿なのかもしれない。気が弱くて自信がないから、普段は強気の仮面をかぶって武装しているのではないか。だから、自分にも他人にも厳しいのだろう。

(そうか……そういうことか)

なんとなくわかってきた気がする。

やはり、ボタンは「女性が気にしている場所」に出現する。すみれの場合は乳房がコンプレックスなのだろう。伸一はそう思わないが、彼女は小さいと思いこんでいた。

「多分、誰も小さいなんて思ってないですよ」

「ウソ……そんなのウソよ」

すみれはまるで聞く耳を持たない。まるで駄々っ子のように首を左右に振りたくった。

「夫にもよく言われてたの。おまえの胸は小さいって」

彼女の夫は四年前に病気で亡くなったと聞いている。それからは仕事一筋という話だった。

「旦那さんがお亡くなりになってから大きくなったんじゃないですか」

「そんなのわからないわ。誰にも見せてないから……」

すみれは拗ねたようにつぶやいた。

未亡人になってからは、誰ともつき合っていないらしい。ということは、少なくとも四年はセックスをしていないということだ。

これほどの美女がどうしてと不思議になる。それだけ夫を愛していたのか、それともひとり残されて生きるのに必死だったのか。いずれにせよ、彼女が深い悲しみを抱えていたのは間違いない。だからこそ、強気に振る舞う必要があったのではないか。

「こんな胸じゃ、誰ともつき合えないわ」

「そんなことないですよ」

「夫が言ってたもの。こんな小さい胸で満足できるのは俺だけだって」

すみれは半泣きになってつぶやいた。

(旦那さん、どうしてそんなひどいことを言ったんだ?)

どうにも腑に落ちない。

すみれが悪い男に引っかかるとは思えないし、ましてや嘘をつく理由もないだろう。聡明な彼女が選んだのだから、きっと真面目で仕事ができて一途な男だったに違いない。

(あっ……もしかして……)

ふいにピンと閃くものがあった。

亡くなった夫は、すみれのことを一途に想っていた。だから、わざと「こんな小さい胸で満足できるのは俺だけだ」と言って、万が一にも愛妻の目が他の男に向かないように仕向けていたのではないか。

「旦那さんに愛されていたんですね」

「どういう意味?」

「旦那さんは美人の奥さんをもらって、心配で仕方なかったんだと思います。自分のことだけ見てもらいたくて、わざとそう言っていたんです。八橋さんの胸は小さくないです」

すみれが怪訝そうな瞳を向けてくる。少し考えこむような顔になり、おもむろにジャケットを脱いでテーブルに置いた。

「ちょっ……なにしてるんですか？」

ブラウスのボタンに指をかけたので、伸一は慌ててとめようとする。だが、彼女は上から順にはずしていく。

「実際に見てみないとわからないでしょう。こういうこともあるかと思って、ドアに鍵をかけておいたの」

「ま、待ってください」

伸一の制止も聞かず、ブラウスのボタンをすべてはずしてしまう。とたんに前がはらりと開き、菫色のブラジャーが現れた。

（おおっ……）

困惑していても、視線は吸い寄せられてしまう。

これはボタンを押した結果だ。頭の片隅ではまずいと思うが、もう目をそらすことはできなかった。

「どう……かしら？」

すみれはブラウスも脱ぎ去り、上半身はブラジャーだけになる。カップで寄せられた乳房が、ちょうどいい感じに盛りあがっていた。

「い……いいと思います」

伸一は緊張しながらも答えるが、彼女は納得しなかった。

「いい加減なこと言わないで。ブラをつけていたら胸のサイズなんてわからないでしょう」

そう言って両手を背中にまわしていく。まさかと思った直後、ホックがはずされてブラジャーのカップがずらされる。すみれは顔を赤くしながらも、ついに上半身裸になった。

露になった乳房は、ちょうど片手で収まりそうなほどよいサイズだ。大きすぎず小さすぎず、ふんわりと柔らかそうに盛りあがっている。なだらかな丘陵の頂点には、紅色の乳首が鎮座していた。

「み……見て」

消え入りそうな声だった。

乳房を隠したいのを我慢しているのだろう。すみれは気をつけの姿勢で、まっ赤になった顔をうつむかせている。普段は勝ち気な彼女が照れている姿に、いきなり牡の欲望が煽られた。

「と、とっても……き、きれいです」

興奮のあまり声がうわずってしまう。伸一は思わず前のめりになり、未亡人の乳房を凝視した。

「サ、サイズは？」

すみれが震える声で尋ねてくる。もちろん、ベストサイズなのだが、あえて即答しなかった。

「もう少し、よく見せてください」

顔をゆっくり近づけていく。さすがに触れるのはまずいが、サイズを確認するだけなら問題ないだろう。

「は、恥ずかしいから、早くして……」

すみれが耳まで赤く染めて懇願する。それならばと中腰になり、さらに顔を寄せていった。

（おおっ、こ、これはすごい）

これほど近くから乳房を見つめるのははじめてだ。肌理の細かい白い肌はもちろん、先端で揺れている乳首まで間近で見える。

「あンっ……息をかけないで」

すみれが甘い声で抗議する。

興奮して呼吸が荒くなっていた。熱い息を乳首に吹きかける結果になり、すみれがくすぐったそうに腰をよじった。

「す、すみません……」

そうつぶやくことで、さらに息がかかってしまう。すると、女体が艶めかしくくねり、乳首がぷっくりふくらみはじめた。

「あっ……ダ、ダメぇ」

すみれは甘い声で抗議するが、決して逃げようとしない。その場に立ちつくして、腰をくねくねと揺らしていた。

「ね、ねえ、やっぱり小さいの？」

「小さくないと思いますけど、もっとよく見ないと……」

こんな機会はめったにないので、じっくり観察しておきたい。ぎりぎりまで食いさがるつもりで語りかけた。

「は、恥ずかしいから早くして……」

乳房を剝き出しにして、取引先の男に観察されているのだ。しかも息を吹きかけられたことで、乳首はぷっくりふくらんでいる。激烈な羞恥に襲われているのは間違いなかった。

「でも、ちゃんとチェックしないといけませんから」

そう言いつつ、隆起した乳首にわざと熱い息を吹きかけた。

「ああンっ、さ、触ってもいいから」

もう我慢できないとばかりにすみれが口走った。

「えっ、いいんですか？」

思わず確認すると、彼女はこっくりうなずいた。

「は、早く……サイズはわかってるけど、実際の感じはどうなの？　触って大きさを確認して」

さすがに躊躇するが、すみれは自ら乳房を突き出してくる。その結果、乳首が唇に触れてしまった。

「あンっ……」

すみれは甘い声を漏らして、女体をぶるるっと震わせた。

乳首に快感が走ったのは間違いない。ぽってりした唇が半開きになり、濡れた瞳で見つめてきた。

「お、お願い……」

こんな色っぽい表情で懇願されて断れるはずがない。伸一は両手で乳房を揉みあげると同時に、硬くなっている乳首を口に含んだ。

「ああっ……」

とたんにすみれの唇から喘ぎ声が溢れ出す。

夫を亡くしてから四年間、誰とも触れ合ってこなかったのだ。三十六歳の熟れた女体は刺激に飢えているのかもしれない。反応は顕著で、膝が今にもくずおれそうなほどガクガク震えていた。

「ね、ねえ……高田さん」

すみれが震える声で呼びかけてくる。だが、もう乳房のことを聞いているわけではない。両手で伸一の頭を抱えこみ、さらなる愛撫をねだっていた。

「や、八橋さん……うむむっ」

ここまで来たら伸一も遠慮する気はない。口に含んだ乳首に舌を這わせて、好き放題にねぶりまわした。さらに両手で乳房を揉みあげる。穂乃花や桜子に比べると小ぶりだが、ふたりよりもさらに柔らかかった。

「あっ……あンっ」

乳首を舌先で転がすたび、すみれの唇から艶っぽい声が溢れ出す。極端な内股になって、タイトスカートのなかで内腿をもじもじ擦り合わせている。腰も左右に揺れており、膝の震えが大きくなった。

伸一は反対側の乳首にも吸いつき、同じようにしゃぶりまわす。唾液をたっぷり塗りつけては、乳輪ごとチュウチュウと吸引した。乳首はさらに硬くなり、感度もどんどんあがっていく。

「ああっ、そ、そんなにされたら……あああっ」

すみれはついに立っていられなくなり、その場にしゃがみこんでしまう。ちょうど彼女の顔と、伸一の股間が同じ高さになった。

「高田さん……」

ごく自然に彼女の手がスラックスの前に重なってくる。すでにペニスは鉄棒のように硬直して、布地が大きくふくらんでいた。

「うっ……」

伸一も小さな声を漏らすだけで抵抗しない。快感が波紋のようにひろがり、体がピクッと反応した。

彼女のほっそりした指先がベルトを緩めて、スラックスのホックをはずす。さらにファスナーをおろしていく。伸一はその様子を見おろしながら、胸の鼓動が速くなるのを感じていた。

(あの八橋さんが、まさか……)

仕事に厳しい女性で、いつも怒られてばかりだった。クールな美女なので気になってはいたが、気軽に話せるタイプではない。そんなすみれが伸一のスラックスとボクサーブリーフをまとめて一気に引きさげた。

屹立したペニスがブルンッと勢いよく跳ねあがる。まるで鎌首をもたげたコブラのように、亀頭が限界まで張りつめていた。

「素敵……男らしいのね」

すみれがうっとりした様子でつぶやき、さっそく太幹に指をからめてくる。硬さを確かめるように強弱をつけて握りしめてきた。

「ううっ……」

鈍い快感がひろがり、思わず声が漏れてしまう。すると、すみれは目を細めて微笑み、亀頭にチュッと口づけした。さらに唇をゆっくり開くと、そのままペニスの先端をぱっくり咥えこんだ。

「おおっ、ま、まさか……」

伸一は股間を見おろして思わず唸った。

信じられないことに、取引先の厳しい女性担当者であるすみれがペニスを口に含んでいるのだ。肉厚の唇がカリ首に密着して、熱い吐息が亀頭の表面を撫でまわしていた。

(こ、これは……フェ、フェラチオじゃないか)

いつか経験したいと思っていたことが、いきなり現実になっている。伸一にとって、これがはじめてのフェラチオだ。女性がペニスを咥えている顔を見るだけで、ゾクゾクするような快感がひろがった。

「ンっ……ンンっ」

すみれがゆったり首を振りはじめる。肉棒の表面を唇がねっとり滑り、口内では舌が亀頭をねぶりまわす。えも言われぬ快楽がこみあげて、今度は伸一が膝をガクガクと震わせた。

「くううッ、す、すごいっ、うううッ」

いきなり射精欲がふくれあがる。想像をはるかにうわまわる気持ちよさだ。慌てて全身の筋肉に力をこめて、暴走しそうになる欲望を抑えこむ。一瞬でも気を抜いたとたん、精液が噴きあがってしまうだろう。

「あふっ……はむっ……あふンっ」

すみれはゆったりと首を振りつづけている。久しぶりにペニスを咥えて興奮しているのか、口いっぱいに涎をためて、ヌルヌルと唇を滑らせていた。

「き、気持ちよすぎて……や、やばいです」

伸一が訴えても、すみれは愛撫をやめようとしない。舌先で亀頭を舐めまわしては、尿道口をくすぐってくる。カリの裏側にも入りこみ、唾液をたっぷり塗りつけてきた。

「ううウッ、も、もうっ」

これ以上つづけられたら我慢できなくなる。股間を見おろすと、すみれがペニスを咥えたまま上目遣いに見つめていた。視線が重なることで、ますます射精欲がふくれあがった。

「や、八橋さん……で、出ちゃいます」

懸命に訴えると、すみれはようやくペニスを吐き出した。

「わたしの口、気持ちいい?」

息を乱しながら尋ねてくる。その間も唾液にまみれて濡れ光る太幹に指を巻きつけて、ゆったりしごいていた。

「す、すごく……き、気持ちいいです」

震える声で告げると、彼女はうれしそうに目を細める。そして、ふらりと立ちあがり、タイトスカートをおろして抜き取った。

さらにストッキングとパンティも脱いで一糸纏わぬ姿になる。恥ずかしげに内腿を閉じ合わせているが、恥丘にそよいでいる陰毛はまる見えだ。誰かの目に触れさせるつもりでもなかったはずなのに、きれいな小判形に手入れされていた。

「わたしも……我慢できなくなっちゃった」

すみれは小声でつぶやき、素足にハイヒールだけを履く。すべてをさらしているのにハイヒールだけを履いた姿がかえって卑猥だった。

4

「後ろから、してほしいの」

すみれはそう言うなり背中を向けると、両手を壁について腰を九十度に折り曲げた。脚を大きく開き、尻をグッと突き出した格好だ。

(あ、あの八橋さんが、自分から……)

驚きの光景だった。

まさか自ら求めてくるとは思いもしない。だが、伸一自身もフェラチオされて昂っている。今さら躊躇することはない。服を脱ぎ捨てて裸になると、彼女の背後に陣取った。

むっちりした尻たぶに両手をそっと押し当てる。未亡人の尻は絹のようになめらかで、搗きたての餅のように柔らかい。極上の感触を楽しみながら、臀裂をじわじわと割り開いた。

「おおっ……」

秘められていた部分が見えた瞬間、伸一は思わず唸った。

くすんだ色の裏門と、その下にある女の割れ目が剝き出しになっている。肛門は中心部から外に向かって細かい皺が放射状に伸びていた。尻穴の色素が沈着しているため、女陰の色がより鮮やかに感じられる。すみれの花弁は濃い紅色で、たっぷりの華蜜で潤っていた。

ペニスをしゃぶっている間に濡らしていたのだろう。華蜜は内腿にまで達しており、ヌラヌラと濡れ光っている。しかも、牡の本能を煽る艶かしい匂いが漂っていた。

女体は刺激を欲している。逞しい男根で貫かれたくて、濡れそぼった女陰が妖しげに蠢いていた。

「い、いきますよ」

はじめての体位で緊張するが、興奮のほうがはるかにうわまわっている。右手で持ったペニスを女陰に押し当てた。そのままゆっくり上下させて、膣口を探り当てるとヌプッと押しこんだ。

「ああッ、こ、これ……これが欲しかったの」

すみれの唇から卑猥な言葉が飛び出した。

まだ亀頭が入っただけだが、興奮がふくれあがっているらしい。膣口がいきなり締まり、カリ首を絞りあげてきた。肛門まで収縮するのが見えて、なおさら締めつけられている気がする。

「くおッ……す、すごい」

伸一は思わず唸り、慌てて気合いを入れ直す。そして、くびれた腰を両手でつかむと、ペニスをじんわり前進させた。

「あッ……あッ……」

切れぎれの喘ぎ声が聞こえてくる。すみれは壁に爪を立てて、挿入の衝撃に耐えていた。

「よ、よし、全部入りましたよ」

ついにペニスが根元まで収まった。立ちバックでの挿入に成功したのだ。それだけで達成感がこみあげて、快感がより大きく感じられた。

「わ、わかるわ……高田さんが奥まで来てる」

濡れた瞳で振り返り、すみれが震える声で告げてくる。久しぶりのセックスで興奮しているのか、膣は早くも激しくうねっていた。

「くうっ……う、動きますよ」

もう彼女の返事を待っていられない。伸一ははじめての立ちバックで腰を振りはじめた。

ペニスを慎重に引き出し、亀頭が抜け落ちる寸前から再び根元まで埋めこんでいく。股間を見おろせば、濡れた肉棒が出入りしている様子が確認できる。すぐ上にある肛門が、ペニスの動きに連動して収縮と弛緩をくり返す。卑猥な光景を目の当たりにして、ますます興奮がふくれあがった。

「ああッ、奥まで擦れてるわ」

「奥がお好きなんですか？」

伸一はゆっくり腰を振りながら語りかけた。

黙っていると快楽に呑みこまれてしまいそうだ。立ちバックで腰を振っていると、女性を征服しているような錯覚に襲われる。相手があの勝ち気なすみれだと思うとなおさらだった。

「す、好き……奥が好きなの……ああッ」

恥ずかしい告白をしたことで興奮したのかもしれない。すみれは喘ぎ声を大きくして、腰を艶めかしくくねらせた。

「じゃあ、もっと奥まで……ふんんっ」

腰に力をこめると、ペニスを膣の奥まで押しこんでいく。亀頭が媚肉をかきわけて、深い場所まで到達した。

「あううッ、い、いいっ」

すみれの頭が跳ねあがり、ふんわりした髪が宙を舞う。白い背中が仰け反ることで、しなやかな曲線が描かれる。くびれた腰はもちろんのこと、背中の中央に刻まれた背骨のくぼみが色っぽかった。

「お、俺も、気持ちいいです」

自然と腰の振り方が速くなる。ペニスをグイグイ抜き差しして、膣壁をカリで擦りあげた。

「ああッ……ああッ……」

「や、八橋さんのなか、すごく締まって……ううッ」

もう快楽の呻き声がとまらない。腰を振りつづけて、亀頭を女壺の奥の奥まで埋めこんでいく。いつしか華蜜の量が増えており、ペニスの出し入れがスムーズになっていた。

「あンっ……あンっ……い、いいっ、いいのっ」

すみれはもう手放しで喘いでいる。広い会議室に彼女の声が反響していた。

会社だということを忘れているのかもしれない。懸命に尻を突き出して、自らペニスを求めている。奥深くまで迎え入れるように、ピストンに合わせて尻を前後に揺らしていた。

あのすみれがすっかりセックスに没頭している。もし他の社員たちが見たら卒倒するような光景だった。

「そんなに喘いで大丈夫ですか。みんなが気づいたら、大変なことになりますよ」

「そ、そんな……あンンっ」

さすがに気になって告げると、すみれは慌てた様子で声を抑える。しかし、伸一が腰を振れば、またしても喘ぎ声が溢れ出した。

「あアッ、ダ、ダメ、声が出ちゃう」

壁に両手をついたまま、首を左右に振りたくる。この壁の向こうが、ちょうど営業部のオフィスだ。すみれはそのことを思い出したのか、しきりに伸一を振り返って懇願した。

「お、お願い、みんなに聞こえちゃうから」

普段は勝ち気な女性が、涙まで浮かべて恥じらっている。そんな姿が牡の欲望を煽り立てた。

「でも、もうとめられません」

「はああッ、だから、お、お願いだから、ゆっくり……」

「それなら声を我慢してください」

伸一はさらに激しく腰を振り、ペニスを力強く出し入れする。カリで膣壁を擦りあげて、亀頭を最深部までたたきこんだ。

「はンンッ、ダ、ダメぇっ、あンンッ」

すみれは下唇を嚙み、懸命に声を抑えている。それでも感じているのは間違いない。口では抗うようなことを言っても、女壺はうれしそうにペニスをしっかり締めつけていた。

「くおおッ、き、気持ちいいっ」

欲望にまかせて腰を振りたてる。すみれの背中に覆いかぶさると、両手を前にまわして小ぶりな乳房を揉みあげた。

「はあッ、た、高田さんっ」

乳首を指の股に挟みこんで刺激すれば、すみれの反応が大きくなる。女体が小刻みに震え出して、膣の締まりも強くなった。

「す、すごいっ、くうううッ」

「あああッ、も、もうダメっ、イ、イッちゃいそう」

すみれが歓喜の涙を流しながら振り返る。伸一は思わず唇を重ねて、舌を深くからめていった。

「おおおおッ、ぬおおおおッ」

キスをしたまま腰を振る。ペニスをガンガン打ちこみ、本能のままに蜜壺をかきまわした。

「はうううッ、い、いいっ、気持ちいいっ」

すみれも舌をからめたまま、くぐもった声で快感を訴えてくる。ディープキスをしているので、先ほどよりも喘ぎ声のボリュームが抑えられていた。

「くうううッ、で、出る、出る出るっ、くうううううッ！」

「ああァッ、い、いいっ、イクッ、イクイクッ、イクうううゥッ！」

仲一が射精するのと、すみれがアクメの声を響かせるのは同時だった。

取引先の会社だというのも背徳感を刺激する。根元まで埋めこんだペニスが膣のなかで何度も跳ねまわり、驚くほど大量の精液を噴きあげた。尿道を駆け抜けるとき、脳髄まで蕩けそうな凄まじい快感がひろがった。

すみれの身体もブルブル震えている。壁に手をついた状態で振り返り、仲一の舌を吸いながら絶頂に昇りつめた。ふたりの結合部分は愛蜜でぐっしょり濡れている。それだけ彼女が感じていた証拠だった。

「はぁ……すごかった」

唇を離すと、すみれが呆けた顔でつぶやいた。

未亡人の彼女は熟れた身体を持てあましていたのかもしれない。経験の少ない仲一のピストンで、思いきり女体をくねらせていた。

ペニスを引き抜くと、すみれは力つきたように足もとをふらつかせる。慌てて腰に手をまわせば、自然と抱き合う格好になっていた。

「あっ……た、高田さん」

「すみれさん……」

互いの名前を呼ぶと、どちらからともなく唇を重ねていく。自然とディープキスになり、舌を深くからませて吸い合った。

「それで、どうなの……」

すみれがぽつりとつぶやいた。

乳房を伸一の胸板にぴったり押しつけてくる。おそらく乳房の大きさのことを聞きたいのだろう。どうしてもやはり気になるようだった。

「特別小さいわけじゃないですよ。わたしも詳しくはないですけど、平均的なサイズだと思います」

伸一は正直な気持ちを言葉にした。

きっと適当なことを言っても、すみれの心には届かない。気にしているからこそ、本当に思ったことを伝えるべきだろう。

「きっと八橋さんくらいが好きな男は大勢いるはずです。体形とバランスがとれていますから」

「本当にそう思う？」

「はい。そう思います」

伸一は力強くうなずいた。そして、言うかどうか迷っていたことを伝えることにした。

「じつは、どうして再婚しないんだろうって不思議に思っていたんです。告白されたこともあるんじゃないですか？」

彼女ほど魅力的な女性を、周囲の男たちが放っておくはずはない。なぜ、いまだに独り身なのか、考えられる理由はひとつだった。

「胸のことが気になって……」

やはり自ら男を遠ざけていたらしい。言い寄られても、冷たくあしらっていたという。

「でも、旦那さんとは結婚したんですよね。そのときは、胸のことは気にならなかったんですか？」

「恋愛経験があんまりなかったから、気にもしてなかったの……胸が小さいって、夫に刷りこまれてたのね」

亡き夫のことを思い出したのか、すみれは淋しそうな笑みを浮かべた。

「男の人……わたしの身体で満足してくれるかしら？」

仕事のときは自信満々なのに、自信なさげな表情で尋ねてくる。あのすみれとは思えないほどだった。

「もちろんです。俺だって、すごく元気になってたじゃないですか」

自分で言っておきながら恥ずかしくなる。しかし、そのひと言で彼女は微笑んでくれた。

「そうね……すごく男らしかったわ」

あらたまって言われると照れくさい。伸一は体を離すと、脱ぎ散らかしてあったすみれの服を拾いあげた。

「あんまり長いと不自然ですよね」

「ええ、オフィスに戻るわ」

すみれは服を受け取ると、そそくさと身に着けはじめる。伸一も急いで身なりを整えた。

「じゃあ、また来ます」

「まだ注文してないでしょ。高田さんもオフィスに来て」

「あ……ありがとうございます！」

伸一は思わず腰を九十度に折り曲げた。

身体の関係は持ったが、おそらく一度きりの関係だ。ふたりの間に恋愛感情が芽生えたわけではない。それでも距離が縮まったのは事実で、これからは友好な関係を築いていけそうな気がした。

第四章　咲き乱れる女たち

1

伸一は吊り革につかまって電車に揺られながら、車窓を流れる夕日に染まった景色をぼんやり眺めていた。

（さっきのは、なんだったんだ……）

まだペニスに甘い痺れが残っている。

立ちバックで突きまくり、思いきり射精した快感は最高だった。しかし、またもなにか釈然としないものが胸の奥で渦巻いていた。

まったく予想外の展開だった。まさか、すみれとセックスすることになるとは思いもしない。きれいな女性なので気にはなっていたが、正直なところ嫌われていると感じていた。数ある取引先のなかでも、もっとも打ち解けていない担当者だった。

実際、今日も激怒させて、会社にクレームを入れられそうになっていた。あのままだったらセクハラで大問題になっていたかもしれない。

(それなのに……)

あの赤いボタンを押したことで、すみれの態度は急変した。怒りを鎮めた彼女に誘われて会議室で交わった。おまけに大量の注文までもらい、今月の営業成績は一気にアップした。

穂乃花と桜子も、赤いボタンを押したとたんに変化があった。ボタンは「女性が気にしている場所」に出現するようだ。しかし、それ以上のことは、いまだになにもわからなかった。

駅に到着して電車を降りた。

ここ数日の間に起こったことが、次々と頭に浮かんでは消えていく。いくら考えてもわからないが、考えずにはいられない。正解のないクイズと格闘しているような気分で、アパートに向かってとぼとぼ歩いていた。

商店街を抜けると、やがて花屋が見えてくる。

脳裏に穂乃花の笑顔が浮かぶ。ところが、いつの間にか悲しげな表情に変わってしまう。

(ああ、穂乃花さん……)

彼女のことを思うと胸の奥が苦しくなる。

また言葉を交わしたいが、身体の関係を持ったことで逆に意識してしまう。彼女は人妻だ。たとえ夫からDVを受けているとしても、その先は自分ではどうしようもないことだ。もう近づかないほうがいいのだろうか。

そんなことを悶々と考えながら花屋の前に差しかかった。

ちょうどそのとき、穂乃花が店のなかから姿を見せた。鉢合わせする形になり、ふたりは同時に立ちどまった。

視線が重なり、気まずい空気が流れてしまう。穂乃花はとまどいの表情を浮かべて立ちつくしている。伸一もどうすればいいのかわからず、頬がひきつるのを感じていた。

「こ……こんばんは」

黙っているとよけいに気まずくなる。伸一は自分を奮い立たせて、なんとか言葉を絞り出した。

沈黙が息苦しい。一秒が数十分にも感じてしまう。逃げ出したい衝動がこみあげたとき、穂乃花がぎこちないながらも笑みを浮かべてくれた。まるで、とまっていた時間が動き出したようだった。

「よかった……もう来てくれないかと思ってました」

穂乃花の穏やかな声が胸にすっと流れこんでくる。

それだけで、一気に心が軽くなった気がした。再びこうして言葉を交わせるだけで幸せだった。

(俺は、やっぱり穂乃花さんのことが……)

人妻だとわかっているが、好きなことに変わりはない。それどころか、ますます気持ちが加速していた。

でも、好きだからこそ、彼女を苦しめることはしたくない。なにしろ、穂乃花には夫がいるのだ。一度セックスしたからといって、なれなれしく接するべきではないだろう。

「その花……」

伸一は思わず首をかしげてつぶやいた。

穂乃花は腕に赤い花をたくさん抱えている。はじめて言葉を交わした日も、彼女は店先で同じ花を持っていた。

「これは牡丹(ぼたん)です」

彼女の声が頭のなかで響き渡る。

なにかを思い出しそうな気がして、伸一は赤い花をじっと見つめた。記憶の奥に沈みこんでいたなにかが、ゆっくり浮かびあがってくる。もともと花に興味はないが、この赤い牡丹だけはなぜか気になった。

「伸一くんも牡丹がお好きなのですか?」

穂乃花が抱えていた花をこちらに向けてくれる。花を正面から見るなり、たちまち古い記憶がフラッシュバックした。

一面に赤い牡丹が咲き誇っている。これは一年ほど前に行った神社で見た光景だ。境内にたくさん咲いていたが、花のことはよくわからず、牡丹という名前すら知らなかった。

(あそこに咲いていた花か……)

牡丹から神社に行ったことを思い出した。

さらに記憶の海に沈んでいたことが、次々と浮かびあがってくる。確か、あそこは開運の神社だった。コンプレックスを克服できるという噂をインターネットで見つけて、わざわざ休日に行ってみたのだ。

人と話すのが苦手で、営業の仕事が向いていないのではと悩んでいた。転職しようか本気で考えていた時期だった。今も悩みが解消したわけではないが、あの神社に行ってからは、なんとなくつづいていた。

（あっ、そうだ……）

さらに重要なことを思い出した。

あの神社でお賽銭をしたときのことだ。小銭を何枚か投げ入れようとしたのだが、一枚がはずれて賽銭箱の向こう側に落ちてしまった。縁起が悪いと思ったので、すぐに拾おうとしてまわりこんだ。

すると、賽銭箱の裏にボタンのようなものを発見したのだ。

まるで牡丹の花のようにまっ赤だった。木製の賽銭箱にプラスティック製のボタンがあったので不思議な感じがした。そして、その横に古びた半紙が貼ってあった。

――このボタン、押すべからず。

筆でそう書かれていた。

押すなと念押しされれば、押したくなるのが人情だ。興味本位でつい押したのだが、その場ではなにも起こらなかった。あのボタンがなにか関係しているのではないか。

(どうして、今まで忘れていたんだ……)

不思議なことに、今の今までまったく思い出さなかった。

考えてみれば、賽銭箱の裏にあったボタンは、穂乃花、桜子、すみれの身体に出現したボタンにそっくりだ。それなのに記憶の奥に沈んだまま、一瞬たりとも思い出さないとは、いったいどういうことだろう。

「伸一くん……どうかしましたか?」

穂乃花に声をかけられてはっとする。

笑ってごまかそうとするが、頬の筋肉がひきつっていた。どうすることもできず、おかしな沈黙が流れてしまった。

「そ、その花……俺も好きです」

なんとかそれだけ告げると、伸一はその場をあとにした。

今は平常心を保っているのがむずかしい。とてもではないが、まともに会話できる状態ではなかった。

一連の不思議な出来事に、あの神社が関係している気がしてならない。科学的根拠のない直感で、どんな力が働いたのかはわからないが、そうとしか考えられなかった。

とにかく、賽銭箱の裏にあるボタンを押したことで、女性のコンプレックスがボタンとして見えるようになったのではないか。

(でも、どうしてそんな力が……)

アパートに向かって歩きながら考える。

あの神社はコンプレックスを克服できるという開運の神社だった。伸一は人と話すのが苦手で、それをなんとかしたいと思っていた。営業の仕事に支障が出るほど口下手だった。

でも、考えていたのは仕事のことだけだっただろうか。女性とも上手く話したいと思ったのではなかったか。

当時から惹かれていた穂乃花、取引先の美人担当者のすみれ、コンビニのアルバイト店員の桜子。三人とも気になる女性だったが、口下手な伸一は積極的に話すことができなかった。

その一方で、彼女たちの淫らな姿を妄想したことは一度や二度ではない。健康な男なら、気になる女性の裸を想像するのは当然のことだろう。

彼女たちのことが頭の片隅にあったのかもしれない。その状態で賽銭箱の裏にあるボタンを押した。その結果、伸一のコンプレックスは思わぬ形で昇華したのかもしれない。

実際、彼女たちのボタンが見えるようになり、コンプレックスにかかわる会話を交わすことができるようになった。さらには淫らな妄想が現実となってセックスができたのだ。

すべては想像でしかない。だが、そう考えるのが、自分のなかでもっともしっくり来る気がした。

(でも、俺が本当に好きなのは……)

穂乃花の顔を脳裏に思い浮かべる。

せっかくのチャンスだったのに、ほとんど話すことができなかった。本気で想っているからこそ、穂乃花を前にすると緊張してしまう。

考えてみれば、はじめて言葉を交わした日に、人妻の穂乃花が見ず知らずの男を家に誘うはずがない。セックスできたのは、ボタンの不思議な力があったからにすぎないのだ。そこに伸一の力はいっさいなかった。

振り向いてもらえるはずがない。自分はろくに話もできない引っこみ思案の男だし、なにより彼女は結婚している。

それでも、本当に好きなのは穂乃花だ。

他の女性とセックスするのはいけない気がする。もし、またボタンが出現することがあっても、もう押すのはやめようと心に誓った。

2

翌日、伸一はいつものように出社した。

頭の片隅には常に穂乃花がいる。それに赤いボタンのことも気になった。考え出すときりがない。なにしろ答えが出ないので、思考のループから抜け出せなくなってしまう。

ボタンのことは意識的に頭から追い出して、仕事に集中するように努めた。ふとした瞬間に、また穂乃花とボタンのことが脳裏に浮かぶが、そのたびに意識を仕事に向けるようにがんばった。

その結果、営業先でいつもより上手く話せた気がする。実際、いくつか注文を取ることができて、そこそこの成果をあげることができた。

午後はユニバースへの納品だ。

昨日のことがあるので、なんとなくすみれに会いづらい。それでも、穂乃花のときのような恋愛感情があるわけではなく、セックス後はすみれもさばさばしていたので、まだ気が楽だった。

「こんにちは、満開商会です。お世話になっております」

午後一時、伸一はユニバースのオフィスを訪れた。

昨日の会議室でのことが、他の社員たちにばれていないか不安だった。ところが、取り越し苦労だったらしい。いつもと変わらぬ調子で迎えられて、内心ほっと胸を撫でおろした。

すみれはオフィスの奥にあるデスクに向かっている。伸一に気づいてすっと立ちあがり、こちらに向かって歩いてきた。

「待ってたわ。今日は時間どおりね」

これまでにない柔らかな声音だった。

だいぶ打ち解けた気がした。身体を重ねたことで、心を許している部分があるのだろう。互いに恋愛感情を持っているわけではないが、それでも心の距離が縮まったのは間違いなかった。

しかし、伸一は言葉を失ってしまう。すみれの胸もとに、またしても赤いボタンを発見したのだ。今日のすみれは濃紺のスーツに身を包んでおり、白いブラウスを着ている。そのブラウスの胸の中央に、昨日は消えていたボタンが復活してた。

(ど……どうして?)

こんなことは予想していなかった。

一回セックスすれば、コンプレックスが解消されて、ボタンはもう現れないと思っていた。ところが、すみれの胸もとには昨日と同じように赤いボタンがあった。もしかしたら、まだコンプレックスは解消されていないのか。

(そうか……そうだよな)

自分に重ね合わせると、なんとなくわかる気がした。

伸一は子供のころから引っこみ思案で、人と話すのが苦手だった。営業の仕事に就いてから、少しずつ話せるようになってきた。とはいえ、急に上達するはずもなく、まだまだ苦手意識は抜けていない。少しずつ克服していくしかないのだろう。

コンプレックスは簡単に解消できるものではない。そう考えると、すみれのボタンが復活しているのも当然のことだった。

「どうかした？」

「い、いえ……ご、ご注文の品です」

伸一は懸命に平静を装って、持参した紙袋を差し出した。

ボールペンやメモ用紙、それに付箋や糊などの小物が入っている。コピー機のトナーやコピー用紙、ホワイトボード等、いっしょに注文をもらったが重量のあるものは、宅配便で送ることになっていた。

「残りは明日中に届く予定になっています」

「わかったわ」

すみれは紙袋を受け取ると、穏やかな表情で見つめてくる。これまでだったらすぐに背中を向けていたが、すっかり態度が変わっていた。

「調子はどう？」

彼女のほうから雑談を振ってくる。こんなことははじめてだ。やはり距離は確実に縮まっていた。

「ま、まずまずです」

視界の隅にはボタンが映っている。気を抜くと凝視してしまいそうで、懸命にすみれの顔だけを見つめていた。

(あのボタンを押したら、また……)

セックスできるかもしれない。

そう思うと、よけいに気になってしまう。普通に生活していたら、すみれのような美女とセックスできるはずがない。でも、あのボタンを押したことで夢のような経験ができたのだ。

(ダ、ダメだ……もう押さないって決めたんだ)

心のなかでつぶやき、なんとか踏みとどまる。

脳裏に穂乃花の顔を思い浮かべた。好きな女性がいるのに、他の人とセックスするわけにはいかなかった。

「で、では、今日はこれで……」

「あら、もう帰るの?」

すみれが残念そうな顔をする。だが、伸一は後ろ髪を引かれる思いでオフィスをあとにした。

(危なかった……)

なんとかボタンを押さずに乗りきった。

しかし、常に心が揺らいでいた。ただでさえ、ボタンがあれば押したくなるのに、そのうえセックスできるかもしれないのだ。その誘惑を断ち切るのは、並大抵のことではなかった。

その後は何事もなく外まわりをこなした。

ボタンのことは気になったが、誘惑に打ち勝ったのは大きかった。口下手な伸一にしては順調に営業できたと思う。夕方になって会社に戻ると、いつもの時間に退社した。

花屋が見えてくると胸の鼓動が速くなった。

穂乃花に会いたい。だが、今は会わないほうがいい気がした。

もし彼女に赤いボタンがあったら、きっと押してしまう。でも、ボタンの力でセックスできたとしても、あとになって虚しくなる。彼女が人妻だということを考えれば、なおさら会うべきではなかった。

花屋の前に差しかかる。穂乃花がいても目が合わないように、伸一は顔をうつむかせて足早に通りすぎた。

胸が苦しくなるが、どうすることもできない。自分たちは最初から結ばれない運命だった。

(今日は酒でも飲んで、とっとと寝るか)

こういうときは酔って寝てしまうのが一番だ。起きていても、同じことを悶々と考えるだけだろう。

コンビニに立ち寄ると、レジに立っていた桜子が元気に迎えてくれた。

「あっ、伸一さん、いらっしゃいませ」

輝く笑顔を向けられて、伸一も思わず笑みを浮かべる。思いがけず身体の関係を持ったが、以前と同じように接してくれるのがうれしかった。

「どうも、こんばんは……」

ドリンクコーナーに向かおうとして、伸一は思わず足をとめた。

(なっ……なんでだよ)

愕然として立ちつくす。そして、目を凝らして桜子の首筋を見つめた。

赤いボタンがある。目を擦って見直すが間違いない。この間とまったく同じ場所に、例の赤いプラスティックのボタンがあった。

「どうしたんですか?」

桜子本人はまったく気づいていない。ポニーテールを揺らして、小首をかしげながら見つめてきた。

「げ、元気かなと思って」

言葉につまりながらも、なんとかごまかして話しかける。すると、彼女は楽しげに目を細めた。

「心配してくれてるんですか？」

「う、うん……ま、まあね」

必死に動揺を押し隠すが、もう笑顔を保っているのはむずかしかった。

またボタンが現れたということは、桜子もコンプレックスを克服できていないのか。今は明るく振る舞っているが、まだ体臭が気になっているに違いなかった。

（あれを押せば……）

またかわいい桜子とセックスできるかもしれない。

それを思うと股間がむずむずしてくる。伸一は桜子のはじめての男だ。独占したいという気持ちがないわけではない。しかし、それは恋愛感情とは違う。男の身勝手な独占欲にすぎなかった。

（ダメだ……そんなの絶対に……）

己の欲望を叶えるためにボタンを押すなんてあってはならない。伸一は自分自身に言い聞かせると、そのままあとずさりした。

「伸一さん？」

桜子が不思議そうに声をかけてくる。呼びとめたいようだが、近づいたら反射的にボタンを押してしまいそうだ。

「きょ、今日はいいや……じゃあ、また」

慌てて背中を向けるとコンビニから飛び出した。

（ふぅっ……危ない危ない）

なんとか誘惑を断ち切った。

ボタンを押せばセックスできる。しかも、桜子相手ならなにかリスクをともなうわけではない。他に好きな人がいなければ、躊躇することなく押しているだろう。でも、今は穂乃花のことを本気で想っていた。

（これでいいんだ……これで……）

惜しいことをしたという気持ちも湧いている。

桜子もすみれも魅力的な女性だ。簡単にセックスできるのに、自らそのチャンスをふいにした。今ごろになってもったいないと思うが、穂乃花への熱い気持ちを大切にしたかった。

翌日――。

伸一は一日の外まわりを終えて、駅のホームに立っていた。

あとは会社に戻るだけだ。ふと西の空を見あげると、美しいオレンジ色に染まっていた。意味もなく物悲しくなる時間帯だ。腕時計に視線を落とすと、午後五時をすぎたところだった。

(まだ間に合うな……)

予定にはなかったがもう一件、寄っていくことにした。ちょうど会社に戻る途中だった。

伸一はホームに滑りこんできた電車に乗り、次の駅で下車した。

担当している取引先への道順はすべて把握している。改札を抜けると、大急ぎで向かった。

やってきたのはユニバースのオフィスだ。

どうしても、すみれのことが気になっていた。昨日、再び彼女の胸もとに赤いボタンが出現していたのだ。押したい誘惑に打ち勝ち、放置して帰ったのだが、その後どうなったのか知りたかった。

「こんにちは……」

ノックしてからドアを開けると、オフィス内は熱気に満ちていた。

外まわりから帰ってきた社員たちが大勢いて、忙しそうに働いている。そんななか、一番奥にあるデスクですみれが立ちあがった。

「高田さん」

名前を呼んで手招きする。伸一は緊張しながらすみれのもとに歩み寄った。

（うわっ……）

思わず心のなかで声をあげた。

ジャケットの襟の間から、赤いボタンがのぞいている。ニキビのように小さかったプラスティック製のボタンが、洋服のボタンと同じくらいの大きさになっていた。

（な、なんだ……これ？）

思わず眉根を寄せてしまう。

ぱっと見たところ、直径が倍ほどになっている。異様な光景だが、すみれ本人もまわりにいる社員たちも、まったく気にしている様子はない。やはり、伸一にしか見えていないようだった。

(俺が、押さなかったから、でかくなったのか?)

もしそうだとしたら、押すまで消えないのだろうか。そして、彼女のコンプレックスが大きくなりつづけていることを意味している気がした。

(もし、そうなったら……)

いやな予感しかしない。

すみれがどうなってしまうのか心配だ。普段の姿からは想像がつかないが、ふたりで話したときは、乳房の大きさのことでかなり悩んでいる様子だった。思いつめて、おかしなことをしないとも限らない。

「今日も来てくれたのね」

すみれがうれしそうな顔を向けてくる。やはり思い悩んでいたに違いない。そんな彼女を放っておけなかった。

「八橋さん……ちょっと失礼します」

伸一はいきなり手を伸ばすと、胸もとのボタンをプッシュした。

カチッ——。

機械的な音がオフィス中に響き渡った——と思った。

だが、誰ひとりとして、こちらに注目する者はいない。すみれもまったく無反応だった。

このままだと、すみれが誘ってくるに違いない。しかし、伸一は穂乃花のことを想っている。自分の気持ちにけりをつけるまで、他の女性と関係を持つつもりはなかった。

「すみません。急用を思い出したので、出直してきます」

誘われる前に逃げるしかない。来たばかりだが、いきなり背中を向けると歩きはじめる。

「あっ、ちょっと待って――」

すみれの声が追ってくるが、聞こえない振りをして、そのままオフィスをあとにした。

（今日は疲れたな……）

伸一は駅からアパートに向かって歩いている。

先ほど花屋の前を足早に素通りした。ずっとうつむいていたので目は合っていないが、視界の隅に穂乃花がいるのがわかった。それでも気づかない振りをして通りすぎるのは心苦しかったが、なにを話せばいいのかわからない。自分でもどうしたいのか、はっきり決まっていなかった。

穂乃花が独身なら、思いきってアタックしたかもしれない。だが、既婚者なのでどうすることもできなかった。

ふらふら歩いているとコンビニが見えてきた。

ふと昨日のことを思い出す。桜子の首筋にも赤いボタンが出現していた。もしかしたら、すみれのように巨大化しているかもしれない。

(一応、確認したほうがいいよな)

恐るおそるコンビニに立ち寄った。

自動ドアが開いて、店内に足を踏み入れる。レジに立っているのは、たまに見かけるアルバイトの男子学生だった。

(休み……なのか?)

ほっとしたような、それでいながら残念なような複雑な感情がこみあげる。とりあえず買い物カゴを持ち、ドリンクコーナーへと向かった。

今日こそ発泡酒を買って帰るつもりだ。明日は休みなので、少しくらい飲みすぎても構わない。発泡酒の六本パックをカゴに入れてレジに向かうと、内ポケットから財布を取り出した。

「あっ、伸一さん」

そのとき、唐突に後ろから名前を呼ばれてビクッとする。慌てて振り返ると、そこには桜子が立っていた。

「ひっ……」

思わず叫びそうになり、ギリギリのところで悲鳴を呑みこんだ。

桜子の首筋に赤いボタンがある。すみれのときと同じで、洋服のボタンくらいの大きさになっていた。

(ど、どうして……)

なぜまた出現して、しかも巨大化しているのだろう。

心配になるが、例によって桜子本人も男子学生も気にしていない。やはりボタンが見えているのは伸一だけのようだった。

「おかしな伸一さん。そんなにびっくりしちゃいました? わたし、ちょうど休憩中だったんです」

硬直している伸一を見て、桜子は楽しげに笑っている。そんな彼女の身体からは果実系の香水の匂いが漂っていた。

（やっぱり、体臭を気にしてるんだな）

この明るい笑顔の下にコンプレックスを抱えている。そんな彼女のことを助けたい気持ちが湧きあがった。

ボタンを押さないと、桜子はコンプレックスに押しつぶされてしまう。根拠はないが、そんな気がしてならない。少なくとも、このまま放っておいたら、きっとボタンはさらに巨大化してしまうだろう。

（そうなる前に手を打ったほうが……）

なにが正解かはわからない。だが、ボタンが誰にも見えていない以上、この事態を打開できるのは伸一しかいなかった。

「ちょっと失礼っ」

手を伸ばすなりボタンを押した。

カチッ――。

大きな音がコンビニの店内に反響する。ところが、桜子はきょとんとしており、男子学生も反応しない。どうやら、ボタンにかかわることは、自分以外は誰も見えないようだった。

「ま、またね」

伸一はそのまま逃げるようにコンビニをあとにした。

背後で桜子の呼ぶ声が聞こえた気がしたが、そのまま急いでアパートに向かった。振り返れば、きっと桜子に誘惑される。かわいい彼女に誘われたら、拒みつづける自信がなかった。

3

伸一はアパートに帰り着くと、ボクサーブリーフ一丁になってベッドに座りこんだ。

コンビニから急いで帰ってきたので全身が汗だくになっている。息も切れており、しばらく呼吸を整えなければならなかった。

(しかし、俺はなにをやってるんだ?)

ふと疑問が浮かびあがる。

どうして、これほど必死になって逃げていたのだろう。すみれと桜子が抱かれたいと思っているのなら、誘いに乗ってもいいのではないか。

(いや、ダメだ……一時の感情に流されたら……)

彼女たちは決して伸一に恋愛感情を抱いているわけではない。あのボタンは、おそらく女性の元々のコンプレックスと伸一の欲望がミックスされてできたものだ。メカニズムはわからないが、彼女たちの悩みに伸一の邪な気持ちが入りこんだに違いない。

だからこそ、あのボタンを使ってセックスすると罪悪感が芽生えるのではないか。深層心理で自分の邪な気持ちに気づいていたから、伸一はボタンの力を悪用したくないと思ったのだろう。

「ははっ……バカだな俺」

乾いた笑い声を漏らして、自嘲ぎみにつぶやいた。

穂乃花のことを本気で想っている。好きな女性とセックスしたくなるのは自然なことだ。だからこそ、恋愛感情を抱いていない女性とはセックスをするべきではないと思う。たとえ、すみれや桜子が迫ってきても、それは彼女たちの本心ではないので、きっぱり断るべきだ。

そのとき、かたわらに置いてある携帯電話の着信音が響いた。液晶画面を見ると「八橋すみれ」と表示されていた。

（なんだ？）

ボタンのことがあるので思わず身構えてしまう。

時刻はもうすぐ夜八時になろうとしている。急ぎの注文の電話がかかってくることはあるが、夜はめずらしかった。

なにかいやな予感がする。だが、得意先なので出ないわけにはいかない。おそるおそる通話ボタンをプッシュした。

「はい、高田です」

「八橋です。今、お電話大丈夫かしら」

すみれの声に間違いない。しかし、いつもと様子が違っている。なにやら探るような口調になっていた。

「はい、大丈夫です」

「会社にかけたら課長さんが出て、もう帰ったって言われたの。それで携帯にかけ直したんだけど」

「あ……そ、そうですか。なにかありましたか？」

一度会社にかけたということは、なおさらきちんと応対する必要がある。あとで課長からなにがあったのか聞かれるに決まっていた。

「今、お家？」

「はい……」

「大切な話があるんだけど、今からお邪魔してもいいかしら」

「えっ、こ、ここにですか？」

思わず部屋のなかを見まわした。彼女がここに来たら、セックスしたくなるに決まっている。絶対、ふたりきりになるべきではなかった。

「他の場所……喫茶店とかはどうでしょうか」

「誰かいるの？」

「いえ、ひとりですけど、部屋が散らかってるので……」

「そんなの構わないわ。人に聞かれたくない話なの」

そう言われたら断れない。なにしろ、相手は得意先の担当者だ。絶対に機嫌を損ねるわけにはいかない。今は普通に話しているが、怒らせたら手がつけられないことを知っていた。

「わ……わかりました」

了承するしかなかった。

伸一は尋ねられるまま住所を告げた。電話を切ると大慌てで、部屋の片づけに取りかかった。卓袱台を占領しているカップ麺や弁当の容器、空き缶やペットボトルなどをゴミ袋に放りこんでいく。

(大変なことになったぞ)

まさかアパートに来るとは思いもしない。ボタンを押したことが関係しているに違いなかった。

話とはコンプレックスのことだろうか。それなら相談に乗るが、誘惑されたらきっぱり断るつもりでいるが……。元来すみれは聡明な女性だ。好きな人がいることを話せばわかってくれると信じていた。

部屋をバタバタ片づけていると、呼び鈴の音が響き渡った。

(えっ、もう来ちゃったよ)

まだ十分ほどしか経っていない。まさかこんなに早いと思わなかった。

ベッドの上に脱ぎ散らかしていた短パンとTシャツを身に着けると、急いで玄関に向かってドアを開けた。

「えっ?」

思わず小さな声を漏らして固まった。

なぜかそこには桜子が立っていた。ピンクのぴっちりしたTシャツに、デニムのミニスカートを穿いている。裾からは白くて瑞々しい太腿がチラリとのぞいていた。

「ど、どうして……桜子ちゃんが……」

なにが起きたのかわからない。すみれが来たとばかり思っていたので、頭のなかが混乱してしまう。

そんな伸一の反応を見て、桜子が楽しげに笑った。

しかし、彼女の首には、まだ赤いボタンがある。先ほど押したにもかかわらず、まだ消えていなかった。

（おかしいな……）

伸一は思わず首をかしげた。

これまでのパターンだと、そろそろ消えてもいいころだ。ところが、ボタンは消えるどころか、少し大きくなっている気がした。ただ押しただけでは駄目なのか。

「忘れ物ですよ。お財布と発泡酒」

桜子の言葉で思い出す。

レジで支払いをしようとして、突然、背後から声をかけられた。あのとき、財布を落としたに違いない。発泡酒もレジに置いて帰ってしまったのだ。

（そうか、俺が帰ったから……）

そのとき、ふとわかった気がした。

ボタンは押したが、誘惑される前に逃げ帰った。それがいけなかったのかもしれない。ただ押すだけではボタンは消えない。そのあと、相手の誘いに乗る必要があるのではないか。

とにかく、ボタンがあるということは、桜子のコンプレックスが解消されていないということだ。

「わ、わざわざ悪いね……ありがとう」

財布とコンビニ袋を受け取って礼を言う。

もうすぐすみれが来ると思うと落ち着かないが、ボタンが消えない以上は追い返せない。桜子は笑顔の裏で悩んでいるかもしれないのだ。なんとかして、ボタンを消さなければならなかった。

「そ、そういえば、よくここがわかったね」

話しかけて引きとめながら、どうするべきか考える。しかし、ボタンのことがわからないのだから、解決策は浮かばなかった。

「お財布のなか、見せてもらいました。保険証に住所が書いてあったので、直接来ちゃいました。ちょうどバイトが終わる時間だったし」

桜子は楽しげに笑っている。そして、なぜかスニーカーを脱ぐと、いきなり部屋にあがってきた。

「お邪魔しまーす」

「ちょ、ちょっと……」

とめる間もなく、彼女は伸一の脇をすり抜ける。そして、部屋を見まわして歓声をあげた。

「わあ、意外と片づいてるんですね」

桜子の奔放な行動に呆れてしまうが、これでボタンがどうなるのかを監視できる。もし、まだ大きくなるようなら、なんとかしなければならない。それができるのは、ボタンが見えている伸一だけだった。

「へえ、伸一さんってきれい好きなんですね」

桜子はベッドに腰かけると楽しげに話しかけてくる。

自分の首に怪しいボタンがあることに、まったく気づいていない。異常事態だというのに、はしゃいで脚をパタパタさせていた。

（まいったな……）

すみれが来る前になんとかしなければならない。しかし、打つ手はなにも思い浮かばなかった。

こうなったらボタンを強引に引き剝がすしかない。

伸一はベッドに背中を向けると、カラーボックスからマイナスドライバーを取り出した。これを皮膚とプラスティックのボタンの境目に押しこんで、力まかせにえぐれば取れるのではないか。

(でも、もし取れなかったら……)

考えただけでもぞっとする。

マイナスドライバーで首の皮膚をえぐるのだから、血まみれになるのは間違いない。下手をすれば彼女の命を危険にさらすことになる。

(ダ、ダメだ……桜子ちゃんを苦しめるなんてできないよ)

伸一はマイナスドライバーを強く握りしめた。

今、桜子はベッドに腰かけて笑顔を振りまいている。愛らしい彼女が血を流す姿など見たくない。伸一はため息を漏らすと、マイナスドライバーをそっとカラーボックスに戻した。

呼び鈴が鳴ってはっとする。どうやら、すみれが来たらしい。背後のベッドを見やると、桜子が首をかしげていた。

「お客さんですか？」

「う、うん……取引先の人が……ちょ、ちょっと静かに待ってて」

伸一はそう言い残して玄関に向かった。

すみれを無視するわけにはいかない。しかし、桜子に会わせたくなかった。なにしろ、ふたりとセックスしているのだ。どちらとも交際に発展したわけではないが、とにかく気まずかった。

「こんばんは。家まで押しかけちゃってごめんなさい」

玄関ドアを開けると、濃紺のスーツ姿のすみれが立っていた。はにかんだ笑みを浮かべているが、伸一の目は彼女の胸もとに吸い寄せられてしまう。

（マ、マジかよ……）

そこには先ほどよりあきらかに大きくなった赤いボタンがあった。

玄関先で話をして帰ってもらうつもりでいたが、これで追い返せなくなってしまう。すみれのボタンも変化をつづけているとなれば、なんとかしなければならない。

「こ……こんばんは」

挨拶をしながら懸命に考える。すみれと桜子が遭遇したら、いったいどうなってしまうのだろう。

「あがってもいいかしら？」

すみれが尋ねてくる。そして、ハイヒールを脱ごうとするが、伸一は慌てて彼女の前に立ちふさがった。

「高田さん？」

「や、やっぱり、他の場所のほうが……駅の近くにファミレスがあるので――」

なんとか押しきろうとしたとき、背後から肩をたたかれた。

「伸一さん、まだですか？」

桜子だった。

その声はすみれの耳にも届いてしまう。見るみる表情がこわばり、伸一のことをにらみつけてきた。

「誰もいないって言ってたから来たのよ。こちらはどなた？」

口調が一変している。決して大きな声ではないが、抑揚が少なくなり、攻撃的な響きになっていた。

「コ、コンビニの方で、忘れ物を届けてくださったんです」

「ふうん……」

すみれは面白くなさそうな顔で腕組みをする。そして、伸一の肩ごしに、桜子をにらみつけた。

「用が済んだなら帰りなさいよ」

「どうして初対面のあなたにそんなことを言われなくちゃいけないんですか」

いきなりすみれに一喝されて、桜子もむっとした様子で言い返す。なにやらおかしなことになってきた。雲行きが怪しくなり、伸一は慌ててふたりの顔を交互に見やった。

「あ、あの……れ、冷静に……」

冷や汗がとまらない。すでに全身汗だくで、Tシャツが胸板にぴったり張りついていた。

「伸一さんも迷惑ですよね。取引先の人が自宅まで押しかけてきたら」

桜子が同意を求めるように語りかけてくる。かわいらしい顔をしているので、なおさら辛辣に感じられた。

「仕事のことできたわけじゃないわ。わたしは個人的に高田さんとお話がしたかっただけよ」

すみれはそう言うなりハイヒールを脱ぐと、伸一を押しのけて部屋にあがりこんでしまった。

4

「ねえ、伸一さん。わたし、まだいてもいいですよね？」

右側から桜子が話しかけてくる。腕をつかんでグラグラ揺さぶってきた。

「電話で大事な話があるって言ったわよね」

左側ではすみれが不機嫌になっている。腕組みをしており、肘で脇腹を小突いてきた。

（ま、まずい……これはまずいぞ）

伸一は必死に打開策を考えていた。

三人は並んでベッドに腰かけている。桜子とすみれに挟まれて、非常に気まずい状況になっていた。

ふたりのことは、すでに伸一がそれぞれ紹介している。だが、桜子とすみれは視線すら合わせようとしなかった。

「あ、あの、八橋さん――」

伸一が恐るおそる語りかけると、すみれに鋭い声で遮られた。

「すみれよ。プライベートなんだから名前で呼んで」

「は、はい……」

思わず返事をするが、名前で呼ぶのは気が引ける。ふたりのことが桜子にもバレそうで怖い。だが、従わないで怒り出したら、さらに面倒なことになってしまう。

「す……すみれさん」

緊張ぎみに呼びかける。すると、すみれは満足げにうなずいた。

「なあに？」

「大事な話っていうのは……」

「そんなの決まってるでしょう。わざわざ言わせる気？」

意味深な瞳でじっとり見つめてくる。すると、桜子も反対側から熱い眼差しを送ってきた。

「伸一さん、わたしのことも忘れないでくださいね」

「さ、桜子ちゃんまで……」

「どうしてこんなことになったのか、わけがわからなくなってきた。

とにかく、ふたりとも伸一を誘惑しに来たのだろう。本人たちは赤いボタンのことは認識していない。謎の現象が起きているとも知らず、鉢合わせしたことでライバル意識を燃やしているようだ。

（ど、どうしたらいいんだ？）

伸一は困惑しつつも悪い気はしなかった。

アイドルのように愛らしい桜子と、クール系美女のすみれに挟まれて、急にモテる男になった気がしてくる。しかし、浮かれてばかりもいられない。一触即発の状態をなんとか回避したかった。

「あ、あの……せ、せっかくですから発泡酒でも飲みませんか」

卓袱台に置いてある発泡酒の六本パックに手を伸ばす。一本ずつ手渡すと、すみれはすぐにプルタブを開けてグッと飲む。それにならって桜子も発泡酒を喉に流しこんだ。

伸一も気持ちを落ち着かせようとグビグビ飲んでみる。だが、そんなことをしても現状が変わるはずもない。横目で確認すると、桜子の首筋とすみれの胸もとには赤いボタンが確かにあった。

(もう一度、押してみるか……)

ふと思いついた。ボタンを押したことで、ふたりがここに来たのは間違いない。それなら、もう一度押せば、元の場所に帰るのではないか。

(そうか、その手があったか)

ゲーム機でもパソコンでもリセットできる。この謎のボタンにもリセット機能が備わっていれば、ふたりはあっさり帰ってくれるかもしれない。

今、両側に座っているふたりはそっぽを向いて発泡酒を飲んでいる。まさに絶好のチャンスだ。本当にリセットされる保証はない。しかし、どうせ八方塞がりの状況なのだから、試してみる価値はあった。

伸一は発泡酒を卓袱台に置くと、両手をそろそろと左右に伸ばしていく。そして、右手の指先と左手の指先で、それぞれ桜子の首筋とすみれの胸もとにあるボタンを押しこんだ。

カチンッ——。

大きくなったぶん、音も激しくなっていた。

両手の指先に確かな手応えがあり、ふたりの動きがぴったりとまった。双眸（そうぼう）を見開いたと思ったら、瞳が見るみる潤んでいく。桜子もすみれも呆けたような表情になり、左右から伸一にしなだれかかってきた。

「あ、あれ？」

なにが起こったのかわからない。彼女たちを押しのけることもできず、伸一は全身を硬直させていた。

「ねえ……伸一さん」

「ああンっ、高田さん」

桜子とすみれは、一秒前までバチバチだったのに雰囲気が一変している。まるで示し合わせたように、同時に耳もとで囁きかけてきた。

「ど、どうしたんですか？」

伸一は慌ててふたりに問いかける。すると、彼女たちは目を見合わせて、同時に「ふふっ」と妖しげな笑みを漏らした。

「すみれさんと仲よくすることにしたんです」

「桜子ちゃんといっしょに楽しもうと思って」

ふたりは伸一の腕に抱きつき、それぞれ乳房を押しつけてくる。Tシャツを押しあげている桜子の大きなふくらみと、ブラウスに包まれたすみれの小ぶりなふくらみが、左右の肘に密着していた。

「リ、リセットはどうなってるんだ？」

焦るあまり声に出してしまう。すると、ふたりが不思議そうに見あげてきた。

「リセットってなんのことですか？」

「ふふっ、どうでもいいじゃない。楽しみましょう」

桜子もすみれも、すっかり乗り気になっている。目の下がほんのり赤く染まり、呼吸もハアハアと荒くなっていた。

桜子が伸一のTシャツをまくりあげていく。すみれは短パンに手を伸ばして引きさげようとしていた。

（し、失敗だ。リセットできなかったんだ。あっ、もしかしたら、長押しだったんじゃ……）

だが、もうどうにもならない。ふたりに隙は見当たらなかった。

今なら走って逃げ出すこともできる。しかし、ふたりの身体には、まだ大きくなったボタンが残っている。ここで伸一が逃げ出せば、さらにボタンが成長してしまうだろう。

（ダメだ……そんなことは絶対に……）

彼女たちがコンプレックスに押しつぶされてしまうかもしれない。

伸一なりに責任を感じていた。賽銭箱の裏にあるボタンを押したとき、邪なことを考えた。あれがすべてのはじまりだった。

（俺の欲望のせいで、ふたりを犠牲にすることはできない）

伸一は覚悟を決めて、彼女たちに従うことにした。ボタンが消えるまで、逆らうわけにはいかなかった。

桜子の手によってTシャツが頭から抜き取られる。すみれが短パンを脱がそうとするので、尻を浮かせて協力した。

これで伸一はボクサーブリーフ一丁になってしまう。すると彼女たちも服を脱ぎはじめた。

桜子が淡いピンクのブラジャーとパンティになる。飾り気のないシンプルなタイプの下着だが瑞々しい肢体を強調していた。すみれも菫色のブラジャーとパンティを露出させる。桜子とは対照的に、レースがあしらわれたゴージャスなランジェリーが熟れた女体を彩っていた。

「今日はこの前のお返しをたっぷりしてあげますね」

桜子は弾むような声で言うなり、ブラジャーとパンティを取り去った。

張りがあって大きな乳房の頂点で桜色の乳首が揺れている。陰毛が申しわけ程度しか生えていない恥丘も露になった。ヴァージンを卒業して間もない女体は眩いほど輝いていた。

「またいっぱいおしゃぶりしてあげる」

すみれが色っぽい流し目を送り、ブラジャーとパンティを脱いでいく。

胸もとにボタンはあるが、なぜか乳房が透けて見えた。小ぶりだが形のいいバストの先端に紅色の乳首が乗っている。乳輪は桜子よりも大きく、しっかり自己主張していた。陰毛は小判形に整えられており、黒々と生い茂っているのが淫らだった。

「ふ、ふたりとも大胆ですね」

目のやり場に困ってしまう。裸の女性に挟まれて気圧されるが、伸一の股間はしっかり硬くなっていた。

「これも脱いじゃいましょうね」

すみれがベッドからおりて足もとでひざまずく。そして、ボクサーブリーフをおろして脚から抜き取った。

「もうこんなになってるじゃない」

うれしそうにつぶやくと、さっそく太幹に指を巻きつけてくる。ゆるゆるしごかれて、いきなり甘い刺激がひろがった。

「す、すみれさん……ううッ」

「じゃあ、わたしはここを可愛がってあげますね」

桜子が手のひらで胸板を撫でまわしてくる。興味津々といった感じで乳首を摘ままれて、やさしくクリクリと転がされた。

「くうッ、そ、そこは……」

「男の人もやっぱり乳首が感じるんですね」

伸一の反応に気をよくしたらしく、いきなり乳首に吸いついてくる。唇をかぶせるなり、舌をヌメヌメと這いまわらせてきた。

「ちょっ……ううッ」

「乳首が硬くなってきましたよ」

桜子は拙い舌使いで乳首をしゃぶりながら、もう一方の乳首は指先で転がしてくる。どちらも充血して硬くなり、ますます感度があがってしまう。そこをさらに刺激されることで、たまらず呻き声が溢れ出した。

「くうぅッ、さ、桜子ちゃん」

「じゃあ、こっちもはじめるわね」

すみれも負けてられないとばかりに、ペニスをぱっくり咥えこんだ。唇をカリ首に密着させると、舌を亀頭に這いまわらせる。ヌルリと一周されただけで、腰に小刻みな痙攣が走り抜けた。

「ぬううぅッ」

鮮烈な快感がひろがり、呻き声が漏れてしまう。すると、すみれは唇を滑らせて、肉棒を根元まで呑みこんでいった。

「す、すごい……うむッ」

もう呻くことしかできなくなる。伸一はベッドに腰かけた状態で、脚を大きく開いてフェラチオ奉仕を受けていた。

ひとり暮らしの狭いアパートに、ふたりの女性がいるというだけでも信じられない。それなのに、彼女たちは同時に伸一のことを愛撫している。乳首とペニスを舐められて、全身が震えるほど感じていた。

「乳首、すごく硬くなってる」

「そ、そんなにされたら……うッ……ううッ」

双つの乳首を交互に舐められては、不意を突くように甘噛みされる。桜子は男をはじめて愛撫することを楽しんでいるようだ。軽く歯を立てられるたびに快感が大きくなり、呻き声のボリュームがあがっていく。

「お汁がいっぱい溢れてるわ……ンンっ」

股間ではすみれがくぐもった声でささやき、首をゆったり振り立てている。勃起したペニスのすみずみにまで唾液を塗り伸ばされて、唇の滑りがさらにスムーズになっていた。

「おおッ……おおおッ」

乳首を舐められていると、フェラチオの快感がより大きくなる。もう先走り液がとまらず、早くも理性が崩壊寸前まで追いこまれていた。

(こ、こんなことが、まさか……)

なんとか持ちこたえようとして、彼女たちから視線をそらす。すると、見慣れた部屋の光景が目に入った。

自室でふたりの女性に愛撫されている。桜子もすみれも魅力的で、本来なら絶対に伸一とは縁のない女性だった。あのボタンを押したから、こうして夢の時間を過ごすことができるのだ。

（そういえば、ボタンは……）

ふと思い出してふたりの身体に視線を向ける。すみれの胸もとのボタンもなくなっていた。

桜子の首筋にあったボタンが消えていた。

これでとりあえず安心だ。最悪の状態は回避できた。ボタンはまた出現するかもしれないが、今すぐ彼女たちが呑みこまれることはないだろう。これでボタンが消えるまでという当初の目的は達成できたことになる。

（でも、もう……）

伸一はすっかり快楽に流されている。ここまで来て、途中でやめることなど考えられなかった。

「すみれさん、わたしも舐めてみたい」

「じゃあ、交替しましょうか。高田さん、立ってもらっていいかしら」

うながされるままベッドから腰を浮かせて立ちあがると、桜子が目の前にしゃがみこんでペニスを口に含んだ。

「おッ、おおッ、桜子ちゃんっ」

「あふっ……あふンっ」

愛らしい顔をしているので、なおさら肉棒を咥えた姿の衝撃は大きかった。ピンクの唇を太幹に密着させて、慣れない様子で首を振りはじめる。ぎこちない動きが、かえって焦れるような快感を生み出した。

「上手ね、その調子よ」

すみれが声をかけながら伸一の背後にまわりこむ。そして、尻たぶに両手をあてがうなり、グッと割り開いてきた。

「な、なにを――ひううッ」

振り返って尋ねようとした声は、途中から裏返った声に変わってしまう。すみれが臀裂に顔を埋めて、いきなり肛門にしゃぶりついてきたのだ。

唇が尻穴に密着したと思うと、舌を伸ばして舐めまわしてくる。唾液を塗りつけるようにねちっこく舐めまわしては、すぼまりの中心部を舌先でツンツンと小突かれた。

「ううッ、し、尻なんて、うううッ」

「ここも気持ちいいんでしょう」

すみれは含み笑いを漏らして、執拗に肛門をねぶってくる。唾液にまみれてふやけるまでしゃぶると、今度はとがらせた舌先を強く押しつけてきた。

「もっと気持ちよくしてあげる……ンンっ」

「おおッ……おほおッ」

たまらずおかしな声が漏れてしまう。すみれの舌が肛門のなかに入りこんできたのだ。まるで内臓を舐められているような気がしてくる。未知の快楽に理性が揺さぶられて、頭のなかがまっ白になった。

女子大生の桜子がペニスをしゃぶり、未亡人のすみれが尻穴をねぶりまわしている。ふたりの魅力的な女性が伸一をサンドウィッチにして、前後から快楽を送りこんでいた。

「あふンっ、大きい、あむンンっ」

「お尻の穴がヒクヒクしてるわよ……はンンっ」

桜子とすみれが競うようにして愛撫を加速させる。ペニスと肛門を同時に舐められる愉悦は強烈だ。全身が燃えあがり、頭のなかまで蕩けるような快楽がひろがった。

「き、気持ちいいっ、おおッ、おおおッ」

ペニスを舐められる刺激に耐えられず腰を引けば、肛門を深くえぐられる。肛門をねぶられる快感が大きくなり、慌てて腰を押し出すと再びペニスをしゃぶりまわされた。

「くおおッ、も、もう……もうそれ以上されたらやばいですっ」

暴発しそうになり懸命に訴える。すると、ようやくペニスと肛門から唇が離れて解放された。

(あ、危なかった……)

伸一は全身汗だくだった。絶頂寸前まで追いこまれて、もう欲望を抑えられなくなっていた。

「さ、桜子ちゃん……すみれさん」

ふたりを見おろして呼びかける。

桜子もすみれも瞳をねっとり潤ませていた。欲情しているのは彼女たちも同じだ。うながすまでもなく、ふたりはベッドにあがると並んで仰向けになる。そして自ら脚を広げて、濡れそぼった股間を見せつけてきた。

「伸一さん、早くぅ」

桜子のパールピンクの陰唇は艶々と輝いている。ヴァージンを卒業して間もないので、まったく型崩れしていなかった。

「高田さん、わたしから……」

すみれの陰唇は濃い紅色だ。二枚の花弁はまるで赤貝のように蠢いている。未亡人の女陰は物欲しげに大量の愛蜜を垂れ流していた。

伸一もベッドにあがると、ふたりの足もとで膝立ちになった。

タイプの異なる女性たちにおねだりされる。夢のような状況で舞いあがり、ペニスはますますそそり勃った。

5

「じゃあ、まずは……」

悩んだすえ、桜子の前に進むと張りつめた亀頭を女陰に押し当てる。愛蜜の湿り気に誘われて、そのままペニスを埋めこんだ。

「ああッ……お、大きい」

挿入したとたん、桜子の唇から甘い声が溢れ出す。膣口がキュウッと収縮して、カリ首が締めあげられた。

「くおッ、き、きついっ」

伸一も思わず呻いてしまう。すると、桜子の隣に横たわっているすみれが不満げな瞳を向けてきた。

「どうして桜子ちゃんが先なの？」

彼女の股間は愛蜜でぐっしょり濡れている。もうペニスが欲しくて仕方ないといった雰囲気だ。だからこそ、あえて彼女を後まわしにした。焦らせば焦らすほど燃えあがるのは間違いなかった。

「すみません、すみれさんなら待ってくれると思ったんです」

「高田さんがそう言うなら待つけど、早くしてね」

すみれは脚を閉じると、内腿をもじもじと擦り合わせる。せつなげに眉を歪めて、腰を艶めかしくくねらせた。

「し、伸一さん……動いてください」

今度は桜子が訴えてくる。亀頭を咥えこんだ膣から、大量に果汁が溢れ出していた。

伸一は彼女の腰をつかむと、ペニスを根元まで押しこんでいく。膣襞が歓喜に震えて、太幹の表面でウネウネと動きまわる。膣口は締まっており、ペニスにしっかり食いこんでいた。

「あンっ……な、なかが擦れてます」

「さ、桜子ちゃんも、すごく締まってるよ」

桜子が喘げば、伸一も呻き声を響かせる。まだ根元まで挿入しただけだが、快感がふくれあがっていた。

ついこの間まで処女だったとは思えないほど感じている。膣道が痙攣してうねることで、伸一のペニスにも快感がひろがった。ゆったり抜き差しすれば、たまらず我慢汁が溢れ出した。

「くううッ……あ、あんまり締めないで」

「そんなのわかんないです……身体が勝手に……ああンっ」

桜子が喘ぐたび、膣の締まりが強くなる。このままだと、すぐに追いつめられてしまう。だが、すみれが待っているので達するわけにはいかなかった。

「ちょ、ちょっと休憩してて」

腰を振りまくりたい欲望を抑えこみ、伸一はペニスをゆっくり引き抜いた。

「あンっ……そんなぁ」

桜子は不満げな声を漏らすが、それは一瞬のことだった。すみれのことを思ったのか、それきり黙りこんだ。

「お待たせしました」

伸一はすみれの前に移動して膝を割り開きにかかった。

「ああっ……は、早く」

もう我慢できないのだろう。すみれは今にも泣き出しそうな顔で見あげて、おねだりしてきた。仕事中の厳しい雰囲気は皆無だ。今は欲情を剝き出しにしたひとりの女になっていた。

我慢汁と桜子の果汁を浴びた亀頭を、すみれの割れ目に密着させる。軽く上下させてから膣口にヌプリッと埋めこんだ。

「あううッ、こ、これよ……これが欲しかったの」

すみれは色っぽい声で告げると、自ら股間を押しつけてくる。ペニスを積極的に求めて、膣襞も波打つように蠢いた。

「き、気持ちいい……うむっ」

快感に耐えながらペニスを根本まで挿入する。そして、射精欲がふくらまないように注意して、スローペースで腰をを振りはじめた。

「あッ……あっ……」

すぐにすみれが喘ぎはじめる。カリが蕩けた膣壁を擦りあげて、亀頭の先端が女壺の最深部を圧迫した。

「もっと早く……お願い」

「い、今はまだダメです」

伸一は快感に耐えながらつぶやいた。

隣では桜子がうらやましそうな顔で見つめている。ここで伸一が達してしまったら、満足できなかった桜子がどうなるかわからない。もしかしたら、すぐにボタンが出現するかもしれなかった。

（そんなことになったら……）

さすがに対処できなくなる。とにかく、ふたりをしっかり満足させなければならなかった。

悩んだのは一瞬だけだ。あえて、すみれが気にしている乳房をゆったり揉みあげた。

「ちょうどいい大きさですよ。柔らかくて揉み心地も最高です」

「ああっ、む、胸は……」

すみれがとまどった様子で身をよじる。乳首を摘まみあげると、女壺がキュウッと収縮した。

「ううッ……すごく締まってますよ」

　伸一は腰をゆったり振りつづけた。

　ペニスを出し入れするたび、すみれの女壺は敏感に反応する。まるで意志を持った生物のようにうねり、ペニスを思いきり締めつけてきた。愛蜜の量もどんどん増えて、結合部分から湿った音が響き渡った。

「あンっ……ああンっ……ね、ねえ、高田さん」

　我慢できなくなったのか、すみれが焦れたように腰をよじる。膣のうねりも大きくなり、思いきり突きまくりたい衝動がこみあげた。

（ダ、ダメだ……ここで終わるわけには……）

　伸一は奥歯を食い縛ると、懸命に欲望を抑えこんだ。

「えっ……ウソでしょ？」

　ピストンを中断すれば、すみれが信じられないといった顔で見あげてくる。申しわけない気持ちになるが、まだ果てるわけにはいかなかった。

「すみません」

　謝罪してペニスを引き抜き、再び桜子に挑みかかる。今度は女体をうつ伏せに転がして、四つん這いの姿勢を取らせてから貫いた。

「ああッ、い、いいっ」

最初のひと突きで、女体に小刻みな震えが走り抜ける。間を置いたことで、欲求が高まっていたのかもしれない。経験が少ないにもかかわらず、膣が思いきり収縮してペニスを締めつけた。

「くぅうッ……さ、桜子ちゃん、すごいよ」

背中に覆いかぶさり、たっぷりした乳房を揉みながら腰を振る。さらには彼女が匂いを気にしている首筋に舌を這わせた。

「あンンっ、そこはダメですぅっ」

「大丈夫、すごくいい匂いだよ」

射精欲が暴走しないように注意しつつ、徐々に抽送速度をあげていく。両手で乳首を摘まんで転がし、ペニスで女壺をかきまわした。

「あンっ、いいっ、気持ちいいのぉっ」

桜子の喘ぎ声がどんどん大きくなる。突き出したヒップを左右に揺すり、シーツを掻きむしりながら感じていた。

「ま、また締まってきた」

ここで一気に追いあげたい。伸一は精神力で快感を抑えこみ、必死に腰を振りつづける。やがて桜子の白い背中が反り返り、張りのある尻たぶがブルブルと震えはじめた。

「あぁッ……あああッ」

絶頂が近づいているのかもしれない。抽送のペースを少しあげて、膣の奥を連続で刺激した。

「わたしも手伝ってあげる」

隣で見ていたすみれが、四つん這いになっている桜子の股間に手を伸ばす。そして、割れ目の上端に触れたとたん、桜子の反応が顕著になった。

「はああッ、い、いいっ」

女体がビクッと跳ねあがり、喘ぎ声が大きくなる。明らかに感じて、膣の締まりも強くなった。

「す、すみれさん、そ、そこは……あああッ」

桜子が全身を震わせている。絶頂が近づいているのか、もう全身が痙攣してとまらなかった。

「なにをしたんですか？」

伸一は腰を振りながら問いかけた。すると、すみれは目を細めて妖しげな笑みを浮かべた。

「女の感じるところを触ってあげてるの。わたしも早く欲しいから」

どうやら、クリトリスを刺激しているらしい。すみれがこんなことまですると は思いもしなかった。

これもボタンにコントロールされた結果なのか、それとも元来のものが出ただ けなのか。いずれにせよ、すみれが愛撫に加わったことで、桜子が追いつめられ ているのは確かだった。

「ああッ、ダ、ダメっ、もうダメぇっ」

「早くイキなさい。ほら、クリちゃんがこんなに硬くなってるわよ」

桜子が喘げば、すみれが煽り立てる。膣にペニスが入っている状態で、敏感な 肉芽を転がしているのだ。女同士だからこそ、感じる箇所がわかるのかもしれな い。桜子はあっという間に絶頂の急坂を昇りはじめた。

「あッ、ああッ、い、いいっ、イ、イッちゃいそう」

「ううッ……おううッ」

伸一は奥歯を食い縛りながら腰を振る。自分が耐えられるギリギリのペースで ペニスを出し入れして、女壺のなかを擦りあげた。

「ああああッ、イクッ、イッちゃうっ、あああッ、イックうううッ！」

ついに桜子が絶頂を告げながら昇りつめる。四つん這いになった女体が激しく震えて、膣道が思いきり収縮した。

「うぐッ……」

これでもかとペニスを締めつけられて、射精欲が暴れ出す。しかし、まだ達するわけにはいかない。全身の筋肉に力をこめると、理性の力を総動員して欲望を抑えこんだ。

ペニスを引き抜くと、桜子は半ば気を失ったように突っ伏した。

(あ、危なかった……)

なんとか耐え忍んでほっとする。桜子を絶頂させることに成功した。だが、まだすみれが残っていた。

「高田さん……来て」

甘えるような声で誘ってくる。すみれの瞳は欲情してねっとり潤み、もう待ちきれないとばかりに呼吸をハアハアと乱していた。

「じゃ、じゃあ……」

伸一はすみれの脚の間に入りこむと、再び正常位でペニスを埋めこんだ。

「ああッ、い、いいわ、すごくいいっ」

女壺のなかには大量の華蜜がたまっている。よほど欲情していたのだろう。ただ挿入しただけで、膣道が猛烈な勢いでうねりはじめた。

「くおおッ、す、吸いこまれる」

仲一は動きをとめて思わず唸った。

膣道全体が蠕動して、ペニスを奥へ奥へ引きこもうとする。自然と結合が深まり、亀頭の先端が行きどまりに到達した。

「いい……奥がいいの」

すみれがうっとりした様子で囁き、仲一の顔を見つめてくる。そして、淫らに股間をしゃくりあげてきた。

「もっとちょうだい……高田さんの大きいの、もっと奥まで欲しいの」

そう言われても、すでにペニスは根元まで収まっている。これ以上、どうやって挿入すればいいのだろう。

(そうだ……)

仲一は快感に耐えながら、彼女の足首つかんで持ちあげた。

アダルトビデオで見たことがある体位を試してみるつもりだ。ペニスはしっかり挿入したまま、さらに彼女の脚を持ちあげていく。自然と尻がシーツから浮きあがり、結合部分が真上を向く状態になる。女体を折り曲げて、彼女の両膝が顔につきそうな格好になった。

いわゆる「まんぐり返し」と呼ばれている体位だ。これだと男が体重をかけられるので、ペニスがより深い場所まで届くのではないか。

「ああっ、こんなの恥ずかしい……」

すみれが顔を赤くして、いやいやと左右に振りたくる。

もっと奥まで欲しいとおねだりしておきながら、まんぐり返しは恥じらうのだから女というのはわからない。だが、そんな彼女の仕草が、伸一の欲望を煽り立てた。

「動きますよ……うむむっ」

根元まで埋まっていたペニスをゆっくり後退させると、真上から一気に根元までたたきこむ。華蜜の溢れる音がして、同時に亀頭が膣の深い場所に勢いよくぶつかった。

「あううッ、い、いいっ」

すみれの唇から絶叫にも似た喘ぎ声がほとばしる。一撃で女体に痙攣が走り、膣が猛烈に収縮した。

「す、すごい……ううッ」

予想以上に締めつけに襲われる。危うく射精しそうになり、必死に全身の筋肉を力ませた。

なんとか射精欲を抑えこむ。そして、再び真上からペニスを打ちおろした。

「はああッ、お、奥、いいっ」

「お、俺も気持ちいいです……」

毛穴という毛穴が開いて、大量の汗が噴き出している。

もうじっくりピストンしている余裕はない。じっとしていても耐えず快感が湧きあがってくる。先にすみれを果てさせるには、とにかく腰を振りまくるしかなかった。

「おおッ……おおおッ」

伸一は唸りながらペニスを出し入れする。亀頭が抜け落ちる寸前まで後退させると、勢いよく根元までたたきこむ。カリで膣襞を擦りながら、深い場所を思いきりえぐった。

「あううッ、い、いいっ、すごくいいわっ」

すみれが喘いでくれるから、伸一の快感も大きくなる。もう腰の動きがとまらず、何度も何度もペニスを力強く打ちこんだ。

「ああッ……ああッ……いいっ、いいっ」

「おおおッ、くおおおッ」

今にも射精しそうになりながら腰を振る。ひたすらに男根を抜き差しして、亀頭を膣の最深部に送りこんだ。

「はああッ、も、もうっ、ああああッ」

ついにすみれが昇りはじめる。まんぐり返しの恥ずかしい格好で、白い内腿に鳥肌がひろがった。

「す、すごいの、あああッ」

彼女の喘ぎ声に合わせて、ペニスを根元まで突き刺した。全体重を股間に乗せると、亀頭をより深い場所まで到達させた。

「ひううッ、い、いいッ、イクッ、イクイクッ、あひああああああッ！」

すみれが白目を剝き、裏返った嬌声をまき散らす。ふたつ折りになった女体がガクガク震えて、瞬く間にアクメへと昇りつめていく。

「おおおッ、ぬおおおおおおおッ！」

彼女が達するのを見届けると、伸一も欲望を解き放った。獣のように唸りながら、思いきりザーメンを噴きあげる。ペニスが激しく脈動して、凄まじい勢いで精液が尿道を駆けくだった。

耐えに耐えてきたので、なおさら射精の快感は大きくなる。脳髄まで溶けそうな愉悦が押し寄せて、とてもではないが黙っていられない。伸一はペニスを深く埋めこんだまま、二度三度と精液を噴きあげた。

絶頂の余韻が濃厚に漂っている。

睾丸のなかが空になるまで射精して、伸一は女性たちの間に倒れこんだ。体力を使いはたして、もう指一本動かせない。桜子とすみれも力つきたのか、ひと言もしゃべらなかった。

なんとかふたりを絶頂に追いあげることができた。今のところボタンは見えない。少なくとも今夜は大丈夫だと思う。しかし、今後のことはなにもわからなかった。

(俺が、なんとかしないと……)

あのボタンが見えるのは伸一だけだ。

彼女たちを守れるのは自分しかいない。しかし、ボタンが出現するたびにセックスするわけにはいかなかった。

（穂乃花さん……）

本当に好きなのは穂乃花だけだ。

絶頂の余韻が冷めてくるにつれて、罪悪感が芽生えてくる。好きな人がいるのに、他の女性とセックスしている自分が許せなかった。

第五章　牡丹にリボンを

1

　目が覚めるとひとりだった。

　カーテンごしに朝の光が差しこんでいる。伸一は眩しさに目を細めながら部屋のなかを見まわした。

　桜子もすみれもいない。伸一はひとり裸でベッドに横たわっていた。毛布がかけられているが、虚しさが胸にひろがった。

　おぼろげながら、夜中にふたりが出ていった記憶はある。だが、あのときは疲労が蓄積していて動けなかった。たとえ動けたとしても、おそらく声をかけることはなかっただろう。つい最近童貞を卒業したばかりでふたりを相手にしたのだから、体はたまったものではなかった。

自分たちの間に恋愛感情はない。桜子もすみれも、今ごろ虚しさを感じているのではないか。肉体の快楽だけを求めても、決して心は癒されない。伸一はそのことを痛いほど感じていた。

(全部あのボタンのせいだ)

忌々しい赤いボタンが脳裏に浮かんだ。

一生あのボタンから逃げられないのだろうか。このままだと本当の恋愛ができなくなる気がした。

(俺は、穂乃花さんのことが……)

赤いボタンを打ち消して、穂乃花の顔を思い浮かべる。

彼女が人妻だということはわかっている。それでも、好きになってしまった以上はどうしようもなかった。

(あの神社に行ってみるか)

思い出したときから気にはなっていた。

しかし、さらに悪いことが起きたらいやなので、なかなか行く気になれなかった。でも、もうそんなことは言っていられない。少しでも可能性があるならチャレンジしてみるしかなかった。

さっそく出かける準備に取りかかる。顔を洗って服を着ると、チノパンのポケットに財布と携帯電話をねじこんだ。


東京駅に出ると特急電車と路線バスを乗り継ぎ、さらに山道をとぼとぼ歩いて、伊豆の山中にある神社にたどり着いた。

時刻は昼の一時になるところだ。アパートを出て三時間半ほどだろうか。思っていたよりも時間がかかってしまった。

(ここだ。間違いない)

伸一の目の前には、記憶のなかと同じ景色がひろがっている。

小高い丘の麓に朱色の鳥居が立っていて、石階段が十段ほどつづいていた。ここをあがれば神社があるはずだ。

(よし、行くぞ)

小さく息を吐き出し、気合いを入れる。そして、鳥居を潜ると階段を昇りはじめた。

すべてのはじまりは賽銭箱だ。

裏にあったボタンをもう一度押せば、なにかが変わるのではないか——そんな気がした。桜子とすみれのボタンを押してもリセットできなかったが、賽銭箱のボタンなら違うのではないか。

(もしリセットできるのなら、あのボタンしかない)

そう信じて石階段を一歩一歩あがっていった。

ところが、昇りきったところで伸一は呆然と立ちつくした。一年前は確かに神社があったのに、今は背丈ほどもある雑草が生い茂っている。奥にかろうじて拝殿の瓦屋根が見えるが、ところどころ抜け落ちて穴が開いていた。

「なんだよ……これ……」

思わず声に出してつぶやいた。

長い間、放置されているのは明らかだった。一縷の望みを抱いて東京からやってきたのに、神社は雑草に覆われていた。

「兄ちゃん、そんなところでなにやってるんだい?」

ふいに嗄れた声が聞こえて、はっと振り返る。

すると、石階段の下に腰の曲がった老婆が立っていた。逆光になっているので顔ははっきり見えない。ただ、落ちくぼんだ目がこちらをじっと見あげているのはわかった。

かたわらにはリードのついた賢そうな柴犬がお座りしている。どうやら散歩の途中らしかった。

「神社に……お参りを……」

伸一はかすれた声でつぶやいた。

どう見てもお参りできる雰囲気ではない。自分で言っておきながら滑稽な気がして途中で黙りこんだ。

「そこは潰れちまったよ。廃神社さ」

「えっ……」

思わず絶句すると、老婆は遠い目をして語り出した。

「宮司さんが高齢で亡くなってねぇ。そりゃあ、いい人だったよ。でもまあ、いい人に限って早死にするもんさ。もう十年くらい経つかねぇ。それにしても惜しい人を亡くしたもんだぁ」

聞き間違いだろうか。今、老婆は「十年」と言った気がした。

「この神社、なんて名前だったかねぇ。このへんじゃ『牡丹神社』って呼ばれてたよ。開運とかなんとか……まあ、ご利益はあったみたいだけど、ときどき呪われる人もいたみたいだねぇ」

「の、呪われる？」

「ああ、牡丹の呪いじゃよ。誘惑に負けた者が呪われるって話さ」

ふいに老婆の声が低くなった。

お座りしている柴犬は、先ほどから微動だにしていない。あたりが急に翳ったように感じたのは気のせいだろうか。

「悪いことは言わない。お参りなんてやめておくんだね」

老婆は嗄れた声できっぱり言いきった。

「牡丹の呪いはそりゃあ恐ろしいもんだ。うちの爺さんも……ん？　どうしたんだい、ハナ。そうか、腹が減ったのかい」

爺さんになにがあったのか気になるが、老婆は途中まで言いかけてやめてしまう。柴犬は先ほどからいっさい動いていない。それなのに老婆は柴犬に語りかけると、話を切りあげて立ち去ってしまった。

（牡丹の……呪い）

伸一は身動きできずに立ちつくしていた。

老婆の嗄れた声が頭のなかで反響している。牡丹の呪いとは、いったいなんだろうか。誘惑に負けたものが呪われるとも言っていた。賽銭箱の裏にあったボタンを押させることが誘惑だったのではないか。

（俺は……呪われてるのか？）

考えた瞬間、全身の皮膚がゾワゾワと粟立った。

普通の状態だったら呪いなど信じない。しかし、これまで何度も謎の赤いボタンを目にしてきた。説明のつかない現象を目の当たりにしているので、笑い飛ばすことはできなかった。

伸一は再び神社に視線を向けた。

伸び放題になっている雑草の向こうに拝殿の瓦屋根が見える。この神社の宮司は十年ほど前に亡くなったと言っていた。ということは、そのころから廃神社になったのだろうか。

（でも、俺は去年、確かにここへ……）

だんだん自信がなくなってくる。

そういえば、この神社に来たことをすっかり忘れていた。たった一年前のことなのに、記憶からすっぽり抜け落ちていたのだ。

廃神社になっていたのなら、記憶のなかにある景色はどういうことだろう。賽銭箱も覚えているし、裏側にあった赤いボタンも印象に残っている。それに咲き誇っていた牡丹の花もはっきり思い出せる。

すべて一年前にこの目で見たはずだ。しかし、境内は訪れる者を拒むように雑草が生い茂っていた。仮に手入れをしていなかったとしても、たった一年でこれほど景色が変わるものだろうか。

（あれは、幻だったのか……）

愕然として、全身から力が抜けそうになる。

しかし、わざわざ東京から来たのだ。自分の目で確かめないまま帰るのは違う気がした。伸一は気合いを入れ直すと膝に力をこめる。そして、雑草をかきわけながら境内に足を踏み入れた。

懸命に進むが、なにしろ前が見えないので不安になる。どれだけ歩いたのかわからず、背後も雑草で閉ざされていた。逃げ出したくなるが、それでも勇気を振り絞って歩を進める。すると突然、雑草から抜けて前が開けた。

（ここだ……）

目の前に拝殿が現れた。

見覚えはあるが、ずいぶん傷んでいる。長期間、放置されていたとしか思えない。記憶のなかにある拝殿とは、まるで違っていた。やはり十年前に……

足もとに瓦がたくさん落ちており、正面の引き戸もはずれて拝殿のなかがまる見えだ。不良たちの溜まり場になっていたのか、ビールの空き缶や酒瓶がたくさん転がっていた。

(こ、これは……)

思わず眉間に縦皺を刻みこんだ。

それはひどい光景を目の当たりにしたからではない。目的の賽銭箱がどこにも見当たらないのだ。どういうわけか跡形もなく消えている。本来、賽銭箱があった場所には、割れた瓦が散らばっているだけだった。

賽銭箱の裏にあったボタンを押せば、リセットできるかもしれないと思っていた。確証はないが、それが最後の砦だった。

(そんな……どうしてだよ?)

無力感が胸の奥にひろがっていく。

伊豆の山中までやってきたのに無駄骨だった。伸一はもう立っていることもできず、引き戸がなくなった拝殿の入口に腰かけた。埃まみれだが、そんなことはどうでもいい。ただただ無力感に苛まれていた。

これからどうなってしまうのだろう。

桜子とすみれは、すでに二度ずつボタンが出現していた。きっと三度目もあるだろう。四度目もあるかもしれない。どうすれば現れなくなるのか、まったくわからなかった。

肩を落としてがっくりうな垂れた。

もうなにもする気力が起きない。地面に転がっている小石を見つめて、ただじっとしていた。

どれくらい時間が経ったのだろう。

気づくと日差しが柔らかくなっていた。少し日が傾きかけているのかもしれない。視界の片隅に赤いものが映った。ゆっくり顔をあげると、拝殿の脇に無数の赤い花が揺れていた。

牡丹だ。今にも朽ちはてそうな拝殿の隣には、色鮮やかな牡丹畑がひろがっていた。

ここだけは一年前の景色と同じだ。咲き誇る牡丹を目にしたことで、自分の記憶に間違いはなかったと確信した。あのときは花の名前も知らなかったが、この景色だけははっきり覚えていた。

(やっぱり、俺はここに来たんだ……)

なにやら狐につままれたような気分だ。

一年前は神社があった。でも、実際はすでに廃神社だった。

伸一の欲望が時空を歪ませたのか、それともすべては赤いボタンの魔力だったのか。真相はわからない。いずれにせよ、人智を超えた現象であるのは間違いなかった。

緩やかな風が吹き抜けて、牡丹の花が静かに揺れる。その光景をぼんやり眺めていた。

(穂乃花さんに会いたい)

ふとそう思った。

赤い牡丹の花を抱えている穂乃花の姿が脳裏に浮かんだ。考えれば考えるほど無性に会いたくなる。どう接すればいいのかわからず避けていたが、やはり会って言葉を交わしたかった。

だが、彼女は人妻だ。自分には手の届かない存在だった。

（客として花屋さんに行くだけなら……）

花屋の営業時間は夜八時までだ。今は午後四時すぎなので、すぐ東京に向かえば間に合うだろう。

伸一は意を決して立ちあがり、あらためて廃神社と化した牡丹神社に向き直った。

「桜子ちゃんとすみれさん、それに穂乃花さんをどうかお救いください」

手を合わせると、心をこめてお願いする。そして、最後に「できれば、俺の口下手も直りますように」とつけ加えた。

2

乗り継ぎが悪くて、行きよりも時間がかかってしまった。

駅から走り、なんとか閉店時間直前に到着した。花屋は片づけがほぼ終わっており、店頭には花桶が出ていなかった。

走ったせいで全身汗だくになっており、息もすっかり切れている。なんとか呼吸を整えると、額に滲んだ汗を手の甲で拭ってから花屋に歩み寄った。

（ひと目だけでも……）

仲一は遠慮がちに店内をのぞきこんだ。

すると、こちらに背中を向けている女性の姿が見えた。白いTシャツに深緑のフレアスカートを穿いている。艶やかなセミロングの黒髪が、肩に柔らかく垂れかかっていた。

「まだやってますか」

なるべく自然な感じで声をかける。気分が高揚するが懸命に抑えこんだ。

「はい、大丈夫ですよ」

朗らかな声とともに女性が振り返る。直後に目を見開いたのは、やはり穂乃花だった。

「し、仲一くん……」

名前を呼んだきり黙りこむ。仲一が避けていたので、驚きのあまり言葉が出ないようだった。

「今日はおひとりですか？」

いつもは他にも店員がいる。ところが、今日は穂乃花しか見当たらなかった。

「え、ええ……店長は用事があるらしくて、閉店作業をまかされているんです」

穂乃花はとまどった様子ながらも教えてくれた。

彼女しかいないのなら話しやすい。口下手なので、他の人がいるとよけいに緊張してしまう。伸一にとっては好都合だった。

「牡丹、ありますか」

あくまでも普通の客として振る舞うつもりだ。人妻である穂乃花に迷惑をかけたくなかった。


「一輪、ほしいんですけど」

伸一の言葉に彼女はこくりとうなずいた。そして、花桶から一輪の赤い牡丹を選んで抜き取った。


「こちらはいかがでしょうか」

「きれいですね。それでお願いします」

短いやり取りだが、それだけで胸が熱くなってくる。

一度は身体を重ねた仲だ。しかし、あれはボタンを押した結果であって、穂乃花が伸一のことを好きになってくれたわけではない。勘違いしないように、自分にしっかり言い聞かせた。

穂乃花は奥のカウンターに向かうと、牡丹をつつんでくれる。そのとき、彼女の右手の甲に、赤いボタンが出現していることに気がついた。

「あっ……」

思わず小さな声を漏らしてしまう。

ボタンがあるということは、また夫からDVを受けたのだろうか。いや、心の傷が癒えていないということかもしれない。いずれにせよ、穂乃花が助けを求めているのは間違いなかった。

「この痣、なかなか消えなくて……」

穂乃花がぽつりとつぶやいた。

伸一の目には赤いボタンに見えているが、どうやら彼女の右手の甲には痣があるらしい。左手の指先でそっと擦り、淋しげに睫毛を伏せた。

「もう来てくれないかと思っていました」

穂乃花は目を開くと、まっすぐ見つめてくる。瞳はしっとり潤んでおり、なにかをこらえるように下唇をキュッと噛んだ。

「これを見るたびに思い出していました。気遣ってくれたの、伸一くんだけだったから……」

それは謎のボタンがあったからに他ならない。

今も穂乃花の右手の甲にはボタンがある。あれを押せば、穂乃花とセックスできるだろう。でも、もうボタンの力は借りたくない。穂乃花のことを好きな気持ちは本物だった。

（せめて、この気持ちだけでも……）

ひと目見るだけで満足できると思っていた。

でも、実際に本人を前にすると、どうしても気持ちを伝えたくなった。もちろん交際できるとは思っていない。ただ、この熱くほとばしる情熱をわかってほしかった。

「リボンをつけてもらえますか」

伸一が燃えあがる気持ちを懸命に抑えながら告げると、穂乃花は牡丹を包んでいた手をとめた。

「プレゼント……ですか？」

「はい。大切な人に渡すつもりなんです。受け取ってもらえるかわからないですけど」

穂乃花は一瞬黙りこむと、再び牡丹を包みはじめる。もうなにも尋ねてこなかった。きれいにセロファンを巻いた牡丹に赤いリボンをつけてくれた。

「どうぞ……」

「ありがとうございます」

代金を支払って花を受け取った。

伸一は赤い牡丹をまじまじと見つめた。今にして思えば、この花がきっかけで穂乃花との距離が縮まったのだ。はじめて言葉を交わした日も、穂乃花は牡丹を手にしていた。

「ほ、穂乃花さん……」

いつもは「白川さん」だったが、勇気を出して下の名前で呼びかける。声が震えてしまうが、構うことなく語りかけた。

「こ、これを……う、受け取ってください！」

思いきって告げると、包んでもらった牡丹の花を差し出した。

「これ……わたしに？」

「はい、穂乃花さんが俺の大切な人です」

真剣な気持ちが伝わったのだろう。穂乃花は困惑の表情を浮かべて、伸一の目を見つめてきた。

「気持ちはとってもうれしいんですけど……」

途中まで言いかけるが、そこで黙りこんでしまう。突然のことにとまどっているのだろう。穂乃花は逡巡した様子で視線をそらすと、またしても下唇を小さく嚙んだ。

「わたし、人妻なんです」

淋しげなつぶやきだった。

夫は浮気をしていて、穂乃花に手をあげたこともある。もはや夫婦の関係は破綻していると言っていいだろう。そんな状態で夫に義理立てする必要はないのではないか。それでも、穂乃花は結婚に縛られていた。

「そんなことは関係ありません。穂乃花さんが結婚していても、好きなものは好きなんです」

勢いのまま告白する。自分でも無茶苦茶なことを言っていると思う。それでも、好きになった気持ちは変えられなかった。

「穂乃花さん……」

伸一は彼女の手を握りしめた。右手の甲にあるボタンを押さないように細心の注意を払った。

「あなたのことが好きです」

まっすぐ目を見つめて告白する。

緊張と羞恥で顔が燃えるように熱くなった。それでも、彼女の目から視線をそらさなかった。

「わたし……わ、わたしは……」

本心を言うべきかどうか、迷っているように見えた。

「いいんです。俺は自分の気持ちを伝えたかっただけです。穂乃花さんを苦しめたくはありません。ただ——」

話しながら気持ちが盛りあがってしまう。

やはり、気持ちを伝えるだけでは淋しすぎる。どうしても、もう少しだけいっしょにいたかった。

「食事だけつき合ってもらえませんか。いっしょに食事をするだけです。それさえ叶えば、きっぱり……どうか……どうかお願いします」

牡丹を差し出して、腰を九十度に折り曲げる。

必死だった。つき合えるはずがないとわかっていても、本気で好きだということはわかってほしかった。

「ありがとう……」

穂乃花が花を受け取ってくれる。

舞いあがるような気持ちになって見あげると、穂乃花は瞳に涙を浮かべて微笑んでいた。

「うれしい……伸一くん、本当にうれしいです」

目尻に涙が滲み、ほっそりした指先で拭った。

「今夜、時間ありますか？　よかったら食事をしませんか」

きっと夫は今夜も帰りが遅いのだろう。穂乃花はわざわざ口にしないし、伸一もあえて確認しなかった。

「い、いいんですか？」

「もちろんです。だって、いっしょにご飯を食べるだけなら、浮気にはならないでしょう？」

穂乃花が瞳を潤ませながら、いたずらっぽく笑って肩をすくめた。

その表情に釣られて、伸一も思わず涙ぐんでしまう。ただひと目だけ顔を見るつもりだったのに、食事の約束まで取りつけた。夢のようなことが現実になろうとしていた。

3

「あの……どうして、ここなんですか？」

伸一が尋ねると、穂乃花は穏やかな微笑を浮かべた。

たった今、ふたりは伸一の部屋に到着したところだ。突然のことなので都心部の洒落たレストランは無理としても、せめて駅前のファミレスくらいなら行けると思った。ところが、彼女は伸一の部屋に行きたいと言い出した。

「外だと誰かに見られるかもしれないから……わたし、人妻だもの」

確かにそれは一理ある。食事だけとはいえ、公の場所で知り合いに見られたらばつが悪いのだろう。たとえ夫にばれなくても、主婦同士で悪い噂が立ったらいろいろ面倒なのは想像がついた。

「それに、伸一くんの部屋も見てみたかったの」

穂乃花がさっと部屋のなかに視線を走らせる。昨夜、散らかっていたゴミを捨てたので、だいぶすっきりしていた。

ただベッドに桜子とすみれの痕跡があるかもしれないと気になった。ところが、ぱっと見た感じだと、髪の毛すら落ちていない。もしかしたら、彼女たちが帰り際にきちんと掃除をしてくれたのかもしれなかった。

「わたしにご飯を作らせてください。恩返ししたくても、それくらいしかできないから……ごめんなさい」

謝られるとつらくなる。それが、伸一の告白に対する彼女の答えなのかもしれなかった。

(やっぱりダメか……)

わかっていたことだが、がっくり落ちこんだ。

でも、まだやるべきことが残されている。彼女の右手の甲には赤いボタンが浮かびあがっていた。

押せばセックスできるし、一時的にボタンは消える。しかし、それではなんの解決にもならない。おそらくボタンは何度でも復活する。根本的に除去するにはどうすればいいのだろうか。

(穂乃花さんを助けたい……)

純粋にそう思う。ここで食事をご馳走になって別れたら、それきりになってしまう気がした。

放っておけばボタンが成長するのは間違いない。その後、穂乃花を呑みこんでしまうのではないか。そして、命まで食いつくしてしまうのではないか。そんなことになったら一生悔やんでも悔やみきれない。

(これが、牡丹の呪いなのか……)

伸一は目眩を覚えてベッドに腰かけた。

愛する人を助けたいのに、その手立てがわからない。あきらめたらそこでお終いだ。きっとなにか手段があるに違いない。

(クソッ、どうすればいいんだ)

思わず頭を抱えこみ、両手で髪を掻きむしった。

「伸一くん、大丈夫ですか」

穂乃花が心配して声をかけてくる。だが、伸一はうなずく余裕すらなく、うつむいたままだった。

隣に座る気配がする。ベッドがギシッと鳴り、マットレスが軽く沈みこむのがわかった。頭を抱えたままチラリと見やる。彼女の右手には、忌々しいボタンがしっかり存在していた。

このままだと穂乃花の苦しみは終わらない。ボタンは誰にも見えていないのだから、救えるのは伸一だけだ。

「俺がなんとかするしかない……俺しか穂乃花さんを助けられないんだっ」

つい大きな声を出してしまう。なにもできない苛立ちと、一途な想いがまざり合って噴きあがった。

「し……伸一くん?」

穂乃花が驚いた様子でつぶやいた。

「わたしを……た、助けてくれるのですか?」

声が震えている。しゃくりあげる声も聞こえてきた。

穂乃花は勘違いしている。きっと、彼女は愛のない結婚生活から抜け出したいのだろう。

「でも、無理よ……そんなこと、できっこないです」

ひどく悲しげな声だった。

もう夫に逆らう気力がないのかもしれない。DVを受けて、恐れているのだろうか。だが、これで彼女の心の叫びが聞こえた気がした。

「俺が助けます。そして、穂乃花さんのことを守ります」

伸一は顔をあげると、隣で涙を流している穂乃花を抱き寄せた。

「あっ……」

彼女は小さな声を漏らしただけで抵抗しなかった。Tシャツの肩が小刻みに震えている。伸一はできるだけやさしく、肩から背中にかけて何度も撫でた。

しばらく嗚咽を漏らしていた穂乃花だが、いつしか落ち着いてくる。顔をのぞきこむと、彼女はそっと睫毛を伏せて口づけを待つ仕草だ。伸一は躊躇することなく唇を重ねていった。

「ンっ……」

穂乃花は鼻にかかった声を漏らして、女体をわずかに硬くする。だが、伸一が舌を差し入れると、吐息とともに肩から力を抜いた。

柔らかい舌をからめとって吸いあげる。粘膜同士をヌルヌルと擦り合わせるのが気持ちいい。そうやって、甘い唾液を味わえば、彼女も積極的に舌を伸ばしてきた。

「はンっ……はあンっ」

伸一の口内に舌を忍ばせて、ねちっこく舐めまわしてくれる。だから、ますます気分が盛りあがり、ふたりは延々と舌をからめ合わせた。

「ほ……穂乃花さん」

キスだけで気分が高揚している。

Tシャツをそっとまくりあげると、純白のブラジャーが見えてきた。頭から抜き取り、休むことなくスカートを脱がしにかかる。さらにストッキングもおろせば、股間に張りついた純白のパンティが露になった。

「や、やっぱり、こんなこと……」

穂乃花が頬を染めて顔をうつむかせる。まだ逡巡があるらしい。だが、内股になってもじもじしている姿が、伸一の興奮を煽り立てた。

彼女の右手の甲には赤いボタンがある。あれを押せば確実にセックスできるが、もう絶対にボタンの力には頼らないと決めていた。本音でぶつかり合って、互いの心を通わせたかった。

「俺、本気なんです。本気で穂乃花さんのことが好きなんです」

背中に手をまわすなり、ホックをはずしてブラジャーを奪い去る。とたんに大きな乳房が波打ちながらまろび出た。

そのまま女体をベッドの上に押し倒す。パンティに指をかけると、穂乃花は慌てた様子で股間に手を伸ばしてガードした。

「ま、待って……落ち着いてください」

口ではそう言っているが、瞳がねっとり潤んでいる。彼女も昂っているのは間違いない。ただ理性が働いているので、ボタンの力を使った前回のように、すんなりとはいかなかった。

「この前は、わたし、どうかしていたの……こういうことは、まだ……」

結婚していることが気になっているのだろう。でも、もう伸一の欲望はとめられないほどふくれあがっていた。

「どうしても穂乃花さんとひとつになりたいんです。お願いします」

パンティにかけた指に力をこめる。すると、穂乃花は困った顔をしながら、懸命にガードしていた手を離した。

「伸一くんが、こんなに強引だったなんて……」

抗議するような口調になっているが、瞳はますます潤んでいる。息遣いも荒くなっており、彼女も興奮しているのはあきらかだった。

つま先からパンティを抜き取ると、ついに穂乃花は一糸纏わぬ姿になる。たっぷりした乳房と曲線の頂点で揺れているピンクの乳首、それに黒々と生い茂った陰毛も剝き出しだ。腰が細くくびれているのも色っぽく、女体のすべてが抱いてほしいと囁いているようだった。

「いや……恥ずかしい」

穂乃花は横を向いて、胎児のようにまるくなる。羞恥に耐えきれなくなったらしい。だが、そんな仕草も伸一をますます奮い立たせた。

(も、もう我慢できない……)

慌てて服を脱ぎ捨てると裸になる。

すでにペニスは青筋を浮かべるほど屹立していた。亀頭は破裂しそうなほどふくれあがり、竿の部分は野太く張りつめている。天に向かって伸びあがる姿は我ながら雄々しかった。

「穂乃花さん……」

呼びかけながら、穂乃花の隣で逆向きになって横たわる。ペニスを眼前に突きつけて、伸一は彼女の恥丘に顔を寄せていた。

横向きのシックスナインの体勢だ。いつかやってみたいと思っていた。互いの股間を舐め合う相互愛撫は、愛があるからこそ盛りあがる気がする。だからこそ、本当に好きな人と経験したかった。

恥丘に鼻先を擦りつけて、陰毛のシャリシャリした感触に興奮する。さらに彼女の片脚を持ちあげると、太腿の間に顔を潜りこませた。

「あっ、ダ、ダメ……」

穂乃花が慌てた声を漏らすが、構うことなくサーモンピンクの陰唇にむしゃぶりつく。口では拒絶するようなことを言っていたが、そこはすでに華蜜でじっとり潤っていた。

（こんなに濡れてるじゃないか……）

伸一の欲望はさらに加速して、二枚の陰唇を舐めまわす。何度も舌を這わせては、ぷっくりふくらんだ肉芽をねちっこく転がした。

「あっ……あっ……そ、そんなにされたら……」

舌を使うほど、穂乃花の唇から甘い声が響き渡る。愛蜜がどんどん溢れて、もう伸一の口のまわりはドロドロだ。さらに舌先をとがらせると、膣口にヌプリッと挿入した。

「はああッ、そ、それは……ああンっ、伸一くんっ」

女体が跳ねるように反応する。穂乃花はもうたまらないといった感じで喘ぎ出すと、目の前にあるペニスに指を巻きつけた。まるでなにかに縋（すが）るようにしっかりつかみ、亀頭をぱっくり咥えこんだ。

「あふっ……あふンっ」

快感がひろがり、こらえきれない呻き声が漏れてしまう。

「き、気持ち……うウッ」

ついに穂乃花がペニスをしゃぶってくれたのだ。ついにシックスナインの完成だ。互いの股間に顔を寄せて、性器を口で愛撫する。これこそ伸一が経験したいと思っていた愛の形だった。

（ああっ、最高だ……最高だよ、穂乃花さん）

心なかで呼びかけながら女陰をしゃぶりまくる。陰唇を一枚ずつ口に含んでクチュクチュ味わうと、とがらせた舌を膣口に押しこんだ。

「あああッ、そ、そんな……はむうウッ」

穂乃花は喘ぎ声をごまかすように、より深くペニスを咥えこむ。さらには愛おしげに舌を這いまわらせて、ゆったり首を振りはじめた。

「ンっ……ンっ……」

「ううッ、す、すごい……うむッ」

伸一も反撃とばかりに女陰をしゃぶりまくる。膣口に舌を挿入して、ネチネチと出し入れした。

性器を舐め合うことで、ふたりとも同時に昂っていく。これこそシックスナインの醍醐味だ。穂乃花は愛蜜を大量にたっぷり溢れさせて、伸一も我慢汁を大量に垂れ流していた。

「あぁッ……し、伸一くん」

先に音をあげたのは穂乃花だ。ペニスを吐き出すと、甘えるような声で訴えかけてきた。

「も、もう無理です……お願い……」

「俺もです。俺も我慢できません」

伸一は体を起こすなり、穂乃花に覆いかぶさった。

膝を割って腰を割りこませると、彼女の唾液にまみれた亀頭を膣口に押し当てる。そして、確認するように穂乃花と視線をからませた。

「来て……来てください」

「穂乃花さんっ……ぬううッ」

体重を浴びせるようにして、ペニスを埋めこんでいく。たっぷりの華蜜で潤っている女壺は、いとも簡単に長大な男根を受け入れた。

「はあぁッ、い、いいいっ、大きいっ」

穂乃花の喘ぎ声が響き渡った。

先ほどまで躊躇していたのが嘘のように喘ぎはじめる。両手を伸ばしてくると、伸一の首に巻きつけて抱き寄せた。

「俺も気持ちいいです……ううぅッ」

胸板と乳房を密着させて、さっそくピストンを開始する。まずはスローペースで腰を振るが、すぐに快楽に流されてスピードがアップした。

「あッ……あッ……いいっ、すごくいいっ」

穂乃花が耳もとで喘いでくれるから、なおさら抽送が加速する。力強くペニスをうがちこみ、女壺を奥まで掻きまわした。

「ああッ、伸一くんっ、あああッ」

「さ、最高ですっ、くううッ、穂乃花さんっ」

伸一は女体をしっかり抱きしめて腰を振りまくった。

考えてみれば、これがボタンの力を使わないはじめてのセックスだ。心と心がつながっていると感じられるから、なおさら快感が大きくなるのだろう。桜子とすみれの三人でプレイしたときも興奮したが、それをはるかにうわまわる愉悦の大波が押し寄せてきた。

「す、すごいっ、こんなに気持ちいいなんて」

「はああッ、わ、わたしもです、ああッ、い、いいっ」

女体に小刻みな痙攣が走っている。絶頂が近づいているのかもしれない。それならばと、伸一は彼女の背中にしっかり手をまわすと、自分は体を起こしながら胡座をかいた。

女体を膝に乗せあげた対面座位と呼ばれる体位だ。穂乃花の体重が股間にかかるので、自然とペニスが深い場所まで到達する。それでいながら身体が密着しているので、身も心も溶け合ったような一体感が味わえた。

「あああッ、奥まで来てます」

「すごく締まって……ううッ、気持ちいいっ」

快楽の呻き声をまき散らし、胡座をかいた膝を上下に揺する。女体を大きく揺さぶることになり、屹立したペニスが激しく出入りをくり返した。

「ああッ……ああッ……い、いいっ」

「くおおッ、お、俺、もう……」

「わ、わたしも、あああッ、もう……もうダメぇっ」

ふたりとも限界が迫っている。伸一は彼女の尻を抱えこむと、女体をさらに大きく揺さぶった。穂乃花もペニスの出入りに合わせて、股間をグイグイしゃくりあげてきた。

「おおおッ……おおおおッ」

「ああッ、はああッ、気持ちいいっ」

伸一の呻き声と穂乃花の喘ぎ声が交錯する。もうふたりとも昇りつめることしか考えられない。言葉を交わさなくても息はぴったり合っている。絶頂に向けて一心不乱に腰を振りまくった。

「あああッ、も、もう、ああああッ、もうっ」

穂乃花の切羽つまった声がきっかけとなり、ついに伸一は深く埋めこんだペニスからザーメンを噴きあげた。

「おおおおッ、出る出るっ、おおおッ、ぬおおおおおおおおッ!」

凄まじい快感が突き抜ける。ペニスが膣のなかで暴れまわり、沸騰した精液を大量に放出した。彼女の尻を両手で抱き寄せて、痙攣している男根をより深い場所まで送りこんだ。

「あひああッ、あ、熱いっ、あああッ、イクッ、イクイクううッ!」

穂乃花もよがり泣きを振りまいて昇っていく。

仲一の背中に爪を立てて、男根を思いきり絞りあげた。凍えたように女体がガクガク震え出す。アクメの嵐に翻弄されているのか、仲一の首筋に吸いついて喘いでいた。

ふたりはしっかり抱き合って離れなかった。

絶頂している間も、汗ばんだ身体をぴったり密着させている。こうしていると、身も心もひとつに溶け合ったような感覚に襲われた。

徐々に快楽の波が引いていく。絶頂の余韻が残るなか、ふたりはまだ性器を繋げたまま抱き合っていた。

(そういえば……)

ふと思い出して、穂乃花の右手を取った。

恐るおそる甲に触れてみるが、もうそこにはなにもない。慌てて見やると、痣すらもなくなっていた。

穂乃花も不思議そうに自分の右手を見おろしている。だが、すぐに気を取り直したように微笑んだ。ふたりは無言で見つめ合うと、どちらからともなく唇を重ねていった。

エピローグ

（やばい、もうこんな時間だ）

伸一は駅からアパートに向かう道のりを汗だくになって走っていた。

時刻はもうすぐ夜八時になろうとしている。ここのところ残業が多くて、どうしても定時に帰れない。外まわりで注文をバンバン取れるようになったので、帰社してからの発注業務が忙しいのだ。

今日も得意先の担当者、八橋すみれから大量の注文をもらってうれしい悲鳴をあげていた。

そういえば、すみれは近々再婚するらしい。相手は高校時代の同級生だと聞いている。なんでも、同窓会で久々に再会して意気投合したという。

伸一とは二度ほど身体の関係を持ったが、互いにいっさいそのことには触れていない。あれから二カ月しか経っていないが、なぜか遠い過去の記憶というか、夢だったような気さえしていた。

それというのも、赤いボタンがいっさい出現しなくなったからだろう。すみれはすっかり朗らかになり、もう乳房の大きさも気にしていないようだ。年中カリカリしていたのが嘘のようだった。

商店街を駆け抜けながら、ふとコンビニのアルバイト店員、南沢桜子のことを思い出す。

桜子はいっしょに働いていた大学生とつき合いはじめていた。桜子が目当てだった客たちはがっかりしたが、それでもみんな彼女のことを応援している。看板娘としてすっかり定着していた。

毎日のようにコンビニに寄っているが、やはり桜子の首筋にも赤いボタンは出現していない。彼女ももう体臭を気にしている様子はない。そのせいか、笑顔がさらに明るくなっていた。

(牡丹の呪いは完全にとけたんだな)

詳しいことはわからない。どんなに科学が発達しようとも、ボタンの謎が解明されることはないだろう。

伸一が思うに、二カ月前の出来事が関係しているのではないか。

あの日、伸一はボタンを押さずに穂乃花とセックスした。すると、彼女の右手の甲にあったボタンが消え去り、二度と現れなくなったのだ。その日を境に、すみれと桜子にもボタンは出現しなくなった。

もうひとつ可能性があるとすれば、廃神社でお参りをしたことだろう。

朽ちはてそうな拝殿に向かって手を合わせた。桜子とすみれ、それに穂乃花を救ってくださいと真剣にお願いした。あのときばかりは、淫らなことはいっさい考えなかった。

（もしかしたら、あれがよかったのかな……）

真相は誰にもわからない。

だが、伸一が欲望に流されるまま、あのボタンを押しつづけていたら、とてつもなく恐ろしいことが起きていた気がする。新たに呪われる女性が現れたか、もしくは誰かが精神に破綻を来していたのではないか。とにかく、なんの努力もなしに、いいことばかりがつづくはずなかった。

牡丹の呪いがとけたのは、ボタンを押したい誘惑に打ち克ち、純愛を押し通した結果かもしれない。

穂乃花はまだ花屋で働いている。

だが、大きな変化があった。離婚して独り身に戻ったのだ。

夫は浮気をしていたのに、いざとなると絶対に離婚しないと大騒ぎした。ところが、穂乃花の意志は固かった。事前に病院でDVを証明する診断書を取っていたのだ。さらに探偵を雇って、夫の浮気の証拠をつかんでいた。これだけの材料があれば、夫は離婚に応じるしかなかった。

そして、今は伸一と同棲している。あじさいハイツの狭い六畳一間で、ふたりいっしょに暮らしているのだ。

伸一が仕事終わりに花屋へ寄り、仲よく帰るのが日課になっていた。

商店街を抜けてしばらくすると、角にある花屋が見えてくる。もう明かりは消えているが、店の前に人影があった。

「伸一くん」

呼ぶ声が聞こえる。大好きな穏やかな声だ。伸一は思わず大きく手を振り、子供のように駆け出していた。

＊この作品は、書き下ろしです。また、文中に登場する団体、個人、
行為などは実在のものとはいっさい関係ありません。

文二
庫見

人妻のボタンを外すとき

著者　葉月奏太

発行所　株式会社 二見書房
東京都千代田区神田三崎町2-18-11
電話 03(3515)2311［営業］
03(3515)2313［編集］
振替 00170-4-2639

印刷　株式会社 堀内印刷所
製本　株式会社 村上製本所

落丁・乱丁本はお取り替えいたします。
定価は、カバーに表示してあります。

ISBN978-4-576-20095-8
https://www.futami.co.jp/

二見文庫の既刊本

淫ら奥様 秘密の依頼

HAZUKI,Sota
葉月奏太

無職の真澄は、交通事故を目撃。現場のそばに落ちていた保険証を元に「夏樹」という人間の豪華マンションに侵入してしまった。ちょうどそこに未亡人だという女性が来て「うちの子は見つからないのか?」と。咄嗟に夏樹の振りをする真澄だが、女性は彼のズボンを下げてきて、事情がつかめないまま真澄は……。今一番新しい形の官能エンタメ書下し!

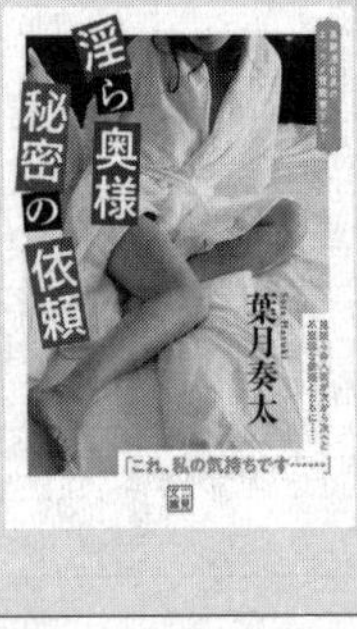